Johannes Girmindl

All inklusive

Johannes Girmindl, 1978 in Wien geboren. Musiker und Schriftsteller, veröffentlicht im Eigenverlag Tonträger, schreibt unentwegt neue Lieder und Geschichten. Bisher erschienen: Die Moral ist eine Hure (2012), Hot Whiskey (2014), Simmering (2015).

www.girmindl.at

Johannes Girmindl

All inklusive

Roman

Umschlagbild © Manuela Havel

Bibliographische Information der Deutschen Nationalbibliothek:

Die Deutsche Nationalbibliothek verzeichnet diese Publikation in der Deutschen Nationalbibliographie; detaillierte bibliographische Daten sind im Internet über http://dnb.dnb.de abrufbar

Herstellung und Verlag: BoD – Books on Demand, Norderstedt

ISBN: 978-3-8370-7717-9

Alle Orte, Personen & Situationen dieser Geschichte sind frei erfunden, mir aber persönlich bekannt. Zufällige Ähnlichkeiten sind nicht beabsichtigt, aber gewollt und wohl auch nicht vermeidbar, vor allem in der Hauptsaison.

Kleider machen Leute

Wenn man von Split aus auf der D8, sich weiterhin südlich bewegt, mit dem Mietwagen wohlgemerkt, kommt man durch die typischen Ferienorte, die in den Jahren nach dem Krieg und unter großzügiger Unterstützung der EU, revitalisiert wurden. Wenn sie im Laufe des Tages dort eintreffen, sehen sie die übliche Schaar an Touristen, die sich dann, in den Abend- und Nachtstunden verdoppelt, wenn nicht sogar verdreifacht; je nachdem, wo man sich gerade befindet. In den mittlerweile künstlichen Ortschaften, in denen an jedem Haus ein Schild für Apartmenti und ähnliches wirbt, dort wo am Abend mittelmäßige Musik sich mit Evergreens aus der Konserve mischt, beziehungsweise sich noch anderes Liedgut prostituiert, herrscht reges Treiben und sind die Angebote an „Party" und dergleichen, ins Bedrängliche gestiegen; währenddessen es kleine Küstenorte, die keine offensichtlichen Strände zum In-Öl-Braten bieten, das Angebot an Kulinarik und Unterhaltung übersichtlich geblieben ist. Jedes dieser Angebote zieht eine bestimmte Gruppe von Reisenden an, und sie bleiben alle unter sich. Die, die auf der Suche nach etwas Ursprünglichen sind, das es natürlich nicht mehr in der gewünschten Form gibt, und jene, die glauben, alles würde ausschließlich für sie bereit stehen, denn dafür haben sie ja schließlich bezahlt. Beide Gruppen aber, treten die Heimreise in die gewohnte Tretmühle dann aber doch wieder auf derselben Straße an, stehen an derselben Grenze im Stau und machen schlussendlich Rast, an denselben Parkplätzen entlang der Autobahn, wo sie dieselben Toiletten benutzen; und was ihnen allen gemein ist, alle kommen sie im Auto. Die einen im Opel Corsa, wahlweise ohne oder mit Anhänger, auf dem sich, Ruderboot oder Fahrräder befinden, und die anderen im SUV, vorausgesetzt, sie sind nicht geflogen und haben sich eben den Luxus eines

Mietwagens gegönnt. Die Wohnwagenfraktion zieht es vor, gleich den halben Hausstand auf Urlaub mitzunehmen und beansprucht mehr als die eigene Spur, vor allem auf den engen Küstenstraßen. Ausgenommen die alternativen VW Campingbusse, erkennbar an den veralteten Nummernschildern und den doch längeren Wartezeiten beim Grenzübergang. Kritische Blicke der Zollbeamten entscheiden über eine rasche Weiterfahrt oder eine etwas genauere Kontrolle des Fahrzeuginhalts, beziehungsweise sonstige weiterführende Maßnahmen. Auch hier gilt, und das wohl ganz besonders, Kleider machen Leute, oder eben Autos.

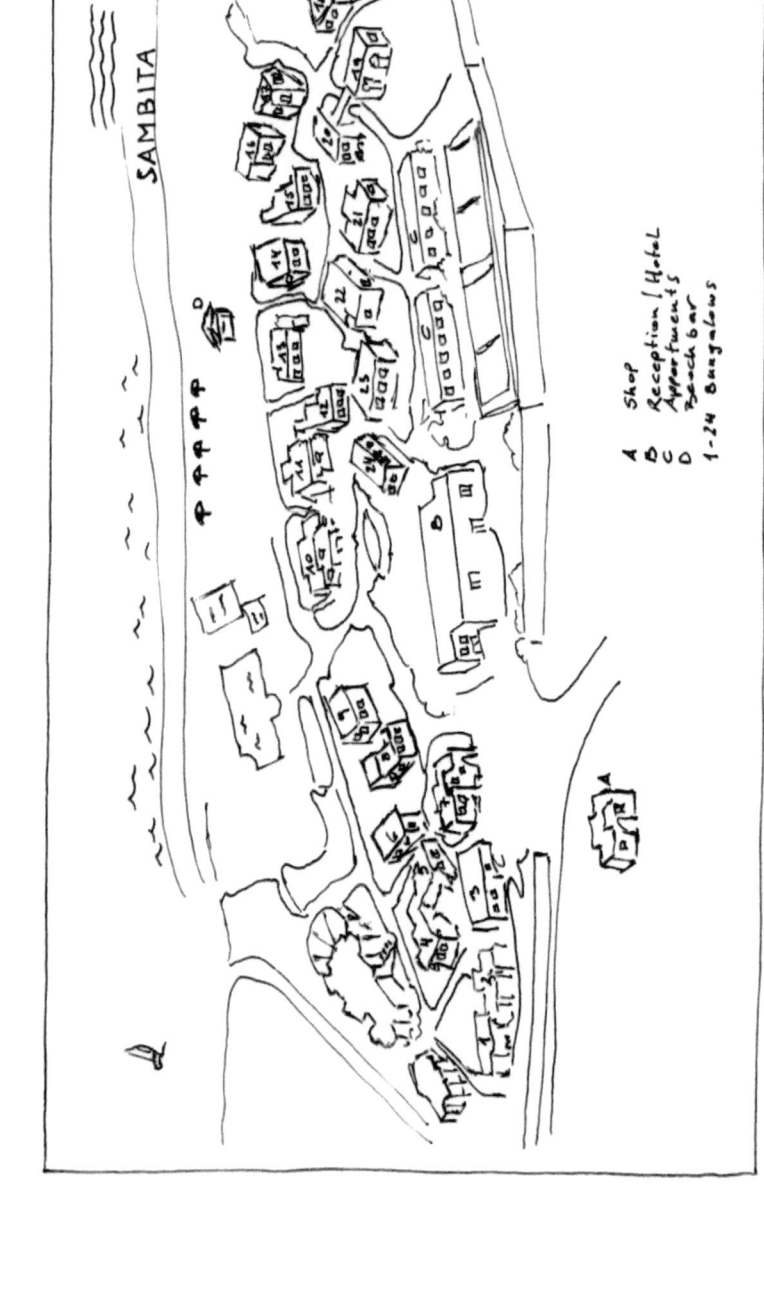

SAMBITA

A Shop
B Reception / Hotel
C Appartements
D Beach bar
1-24 Bungalows

1 – Samstag Mittag

„Das is a Wahnsinn."

„Ja, jetzt hör schon auf, du jammerst seit zwei Stunden."

„Ja, weil wir seit zwei Stunden nur stehen. Da kann i gleich zu Fuß gehen."

„Ja, dann geh."

Die Spannung im schwarzen Ford war mittlerweile selbst für gefühlskalte Zeitgenossen spürbar. Zum allgemeinen Glück schliefen die Kinder in ihren Sitzen und trugen so wenigstens dazu bei, dass die Situation nicht ganz eskalierte. Es war ein Samstag, es war heiß und es war Sommer. Die Temperaturanzeige im Wageninneren brachte im Minutentakt eine Hiobsbotschaft nach der anderen. Es schien eine Ewigkeit her, dass kühler Fahrtwind die Gemüter einigermaßen im Zaum gehalten hatte und die offensichtliche Ausweglosigkeit der Situation drückte noch mehr auf die schon angespannte Stimmung.

„Wie kann man nur an so einem Tag fahren. Da fahren alle Trotteln, warum ned unter der Woche?"

„Weil man dort nur am Samstag einchecken kann."

„A geh, nur am Samstag. Dann zahl ma ab Samstag und kommen erst später."

„Ja, gut, nächstes Mal."

„Nächstes Mal? I fahr da nie wieder hin."

„Geh bitte, hör jetzt auf, glaubst für mich ist das lustig."

„Na, aber wir kommen in dem Tempo wahrscheinlich eh erst am Montag an."

„Bitte hör auf, fang ned jetzt schon damit an, mach mir das nicht kaputt."

Um elf Uhr hatte die Sonne den Platz eingenommen, den sie die nächsten Stunden wohl nicht mehr verlassen würde. Sie tat ganze Arbeit, ließ den Asphalt zäh wie Gummi werden und erhitze die Gemüter. Zähflüssiger Verkehr mutete in dieser Situation wohl wie ein Formel-1 Rennen an, die Wagenkolone auf der E 59 kam nicht vom Fleck. Jede Steigung war ein Beanspruchungstest für die Bremsen, jedes Gefälle ein Auslöser für Unmut. Bis zum Horizont reihte sich ein Urlaubsgefährt ans nächste, und es war keine Ende in Sicht. Links und rechts der mehrspurigen Fahrbahn erstreckte sich die idyllische Landschaft des Südens, gemütliche Ortschaften, weite Felder, entschleunigte Ortsansässige, die sich wohl belustigten, ob der fluchenden und schwitzenden Urlauber, die weit entfernt von ihrem Ziel, mit den besten Voraussetzungen gesegnet waren, zu Beginn ihrer hart erarbeiteten Freizeit, schon wieder in die Stressfalle zu tappen. Andererseits ließ das enge Korsett der gesetzlichen Sommerferien nicht viel Spielraum für Familien mit schulpflichtigem Nachwuchs. Die Eltern schworen sich, nächstes Mal mit dem Flugzeug zu verreisen, beziehungsweise, wenn die Kinder aus dem kritischen Alter wären, sich alleine und nicht in der Hauptsaison, auf Reisen zu begeben. Später einmal. Doch es schienen nicht alle hier ihren Humor verloren zu haben. Aus einem Autoradio, mit Betonung auf den Bass, dröhnte Last Christmas von Wham. War es eine geplante Aktion um die Stimmung aufzulockern oder doch nur Zufall, für kurze Zeit jedoch schneite es, und es war fühlbar kühler. Alles nur Einbildung, doch zumindest funktionierte sie solange, bis Udo Jürgens Urlaub im Süden trällerte; als wäre er vor Ort und säße selbst am Steuer. Mittlerweile waren einige der Beifahrer und Mitfahrer ausgestiegen und spazierten neben den stehenden Autos dahin. Tromboseprophylaxe. Die Beine vertreten. Und man konnte sich sicher sein, hatte man eine bestimmte Wegstrecke hinter sich, die Wagenkolonne war auch vorangekommen, begrüßten einen vertraute Stimmen aus einem vorbeifahrenden Wagen, der keine hundert Meter weiter, verlässlich auf den Spazierer wieder warten würde. An den Abfahrten zu den Rastplätzen gab es Konflikte, das Reißverschlusssystem schien hier wohl niemand zu beherrschen, oder es sah sich jeder als erster, und das konnte natürlich nicht funktionierten. Die Wortwahl ließ zu wünschen übrig und so mancher verriegelte seine

Türen ob der Aggressionen der anderen Verkehrsteilnehmer.

Mittlerweile waren auch die Kinder wieder munter und stellten die adrenalinfreisetzende Frage: „Sind wir schon da?"

„Nein, das dauert noch doppelt so lange wie jetzt. Muss wer aufs Klo?"

Alle mussten. So parkte der schwarze Ford und die traute Familie strömte aus. Manfred Bauer machte sich auf den Weg zum Kiosk um seine Biervorräte aufzustocken, mit derartiger Dehydration hatte er nicht gerechnet. Die wenigen Dosen die er mitgenommen hatte, mussten wohl mittlerweile verdunstet sein. Der einzige Lichtblick an diesem Tag, waren für ihn wohl die Preise. Keine Urlaubsschnäppchen, nein, hier wurde der Tourist kräftig zur Kasse gebeten, aber immer noch billiger als daheim. Also, was sollte es. Die Kinder hatten mittlerweile ihren Bedürfnissen freien Lauf gelassen und kamen erleichtert mit Silvia Bauer im Schlepptau angelaufen. Eis, logisch. Eis war drinnen, bei den Preisen, das Angebot musste genutzt werden. Kurz darauf saß Familie Bauer wieder im schwarzen Ford und versuchte die Ausfahrt auch in deren vorgesehenem Sinn zu nutzen.

„Schau dir diese Arschlöcher an, kommen eh ned weiter, aber lassen niemanden rein, als wärens früher dort."

„Ja, wie zuhause, kennt ma ja."

„Ja, aber schau, das sind alles Deutsche."

„Naja, weißt ja wie die fahren."

„Eh, und wir stehen um fünf auf, damit wir ned in den Hauptreiseverkehr kommen und wo sind wir jetzt? Mitten drin."

„Jetzt fang nicht wieder damit an, das ändert doch nix."

„Na, eh ned, aber i reg mich auf."

„Und trink ned so viel."

„Na soll ich austrocknen?"

„Nein, aber du könntest was anderes trinken."

„Ich trink eh auch Wasser."

„Ja, auch."

„Na eben."

Die weiteren Kilometer lief das Autoradio und die Kinder wiederholten ihre beiden Fragen. „Wie lange noch?", und „Sind wir bald da?"

Zur selben Zeit herrschte reges Treiben am Zielort selbst. Es war An- und Abreisetag. Das bedeutete, dass die Appartements einer Grundreinigung unterzogen werden mussten, die Zimmer im Hotel selbst zumindest einmal in der Woche gesaugt werden mussten und die zweite Charge der Animation sich vorstellte. Politisch korrekt waren das Silvana Blima, Ilona Cuko, Micael Istock und Slobo Kosturica. Die erste Partie hatte ihr Urlaubsbudget aufgefettet und war nun unterwegs, in neuer Konstellation den Sommer zu genießen, so lange man noch jung war. Die vier neuen Ressortunterhalter bezogen einen Bungalow mit zwei Zimmern und richteten sich erst einmal häuslich ein. Die strenge Geschlechtertrennung würde wohl in den nächsten Tagen aufgehoben, und in Zweckbeziehungen umgewandelt werden. Zwei Monate konnten lange sein, fern der Heimat und fern von vertrauten Gesichtern.

„Und wie schaut es bei euch beiden aus?"

„Gut, wir sind gleich fertig, wir könnten dann den Plan erstellen."

„Ach was, das können wir am Abend auch noch. Ich würde vorschlagen, wir gehen mal zum Strand und schauen, was es hier alles gibt."

„Wasser?"

„Ja, aber wir könnten die Temperatur einmal testen."

„Ist gut, wir ziehen uns unserer Badesachen an, dann kommen wir."

Slobo Kosturica verließ den Raum und kehrte in das andere Schlafzimmer zurück, wo Micael Istock gerade seine Sporttasche in den Kasten stellte.

„Alles gecheckt. Sie kommen mit."

„Wird auch gut sein, wir müssen ja wissen, worauf wir uns da einlassen."

„Eben, keine Versteckspiele, offene Karten."

„Genau, wer will die Katze im Sack?"

„Im eher nicht, am schon."

„Ach, das wird schon, welche willst du?"

„Abwarten, ich will mich erst vorinformieren, rein optisch."

„Alles klar."

Die jungen Damen betraten das Zimmer und ihre Kollegen verstummten. Ihre Stimmung hellte sich aber umgehend auf, als sie die beiden in ihren Bikinis und kichernd im Zimmer stehen sahen. Weniger Stoff wäre wohl nicht mehr jugendfrei, der Sommer konnte also umgehend beginnen.

Die Mittagssonne hatte den Sand zu einem glühend heißen Erlebnis gemacht und die schnellen Tappser der vier Beinpaare zeugten davon. Badetücher wurden aufgelegt und umgehend war die Szenerie von idyllischer Meeresbucht zu Eis am Stiel gewechselt, welcher Teil auch immer. War es Absicht, dass Slobo eine weiße Badehose trug, die, nach Wasserkontakt, seinen üppigen Stolz noch besser zur Geltung brachte, oder hatte er sie aus dem Grund gewählt, seinen gebräunten Körper mehr zu unterstreichen. Eigentlich war es egal, beides machte mächtig Eindruck auf Ilona Cuko und so stand die Zimmereinteilung fest. Micael Istock und Silvana Blima fügten sich, vorerst. Die vier verbrachten die nächsten Stunden im Wasser und auf ihren Badetüchern, deren Anordnung sich mittlerweile den hormonellen Präferenzen gefügt hatte. Danach, und noch vor dem Abendessen, bestand Silvana Blima aber darauf, den Plan für die nächsten Wochen auszuarbeiten. Kein aufwändiges Unterfangen. Es musste ein Programm für sechs Tage gefunden werden, das sich Woche für Woche wiederholen würde. Sonntag war frei. Im Grunde genommen ging es um sportliche Betätigung und ein wenig Kinderbeschäftigung. Die Kleinen waren genau so dankbar wie ihre Eltern. Eine Schatzsuche, ein wenig Gebastel, so etwas in der Art eben. Das Abendprogramm war zum Großteil ohnehin vorgegeben. Alleinunterhalter, eine Feuershow, unverfängliches Entertainment für den gestressten Stadtmenschen, der im Urlaub unterhalten werden möchte und sich bedienen ließ.

2 – Samstag Nacht

„Ob wir zu spät sind?"

„Zu spät? Ich meine es ist halb zwölf, es geht sich also heute noch aus, was solls, für den Stau können wir nichts."

„Ok, ich geh hinein, gibst du mir die Unterlagen?"

„Ja, hier. Ich werde Daniel wecken."

„Ach lass ihn doch schlafen."

„Und wie soll er in unseren Bungalow? Soll ich ihn tragen, er ist siebzehn, den trag ich nicht mehr."

„Ja, weck ihn."

Susanne Keller begab sich in das Hauptgebäude der Ferienanlange. Die Rezeption war rund um die Uhr besetzt und so wurde sie auch jetzt noch, zu so später Stunde, von einer freundlichen Servicemitarbeiterin empfangen. Das Angebot, noch Lunchpakete zu bekommen, schlug sie aus, vorbereitete Hühnersandwiches waren zum Einstand nicht das, was sie sich vorstellte. Abgesehen davon, hatten sie alle vor etwa zwei Stunden noch zu Abend gegessen, somit war niemand hungrig und außerdem war es mittlerweile ohnehin kurz vor Mitternacht. Susanne Keller steckte den Plan der Anlage, den sie gerade mit einer Mappe an Informationen bekommen hatte, in ihre Tasche. Dann ließ sie sich ihr goldenes Armband anlegen. Sie würde es nun die nächste Woche über tragen müssen. Georg Keller und sein Sohn Daniel, mussten sich die Bänder persönlich anlegen lassen. Da war man genau. Niemand der hier nichts verloren hatte, sollte Zugang bekommen. Niemand sollte sich am Buffet bedienen, der nicht wirklich dafür bezahlt hatte. Gold bedeutete all inclusive. Benützung aller in der Anlage befindlichen Attraktionen,

Pools und Strände, freier Konsumation von Frühstück, Mittagessen, Nachmittagskaffee und Abendessen, Buffet bis zum Erbrechen inklusive alkoholischer und nichtalkoholischer Getränke, bis zum Abwinken. Ein schlagendes Argument für mindestens die Hälfte der derzeitigen Gäste.

Die Kellers waren seit nahezu achtzehn Jahren ein Paar. Sie kannten sich schon seit der gemeinsamen Schulzeit. Gefunkt hatte es aber erst kurz vor der Matura. Susanne Keller war damals gerade frisch Single, Georg kurz davor in Übersee zu studieren, das gemeinsame Interesse an einer gemeinsamen Zukunft ließ ihn seine ambitionierten Pläne verwerfen und so blieb er. Kurz darauf heirateten die beiden. Jetzt trugen Georg und Daniel Keller die vier Koffer in den hell erleuchteten Bungalow. Susanne hatte die Terrassentür geöffnet um einmal gut durchzulüften und begutachtete die Betten.

„Das wird schon. Morgen sieht die Welt schon viel besser aus."

„Ach, die sieht doch jetzt auch schon ganz gut aus."

„Natürlich, aber morgen sieht sie noch besser aus. Sonne, Strand und sonst nichts."

„Genau, sonst nichts", erwiderte ihr Sohn Daniel darauf.

„Ach bitte, es wird dir gefallen."

„Ja klar, mit euch beiden auf Urlaub."

„Geh bitte, Daniel, ist doch eh nur eine Woche, gönn uns doch die Freude, alle gemeinsam. Nächstes Jahr bist du ohnehin schon woanders."

„Ja, dann bin ich dort wo der Papa nie hin ist."

„Na ich hab ja auch einen Grund gehabt zu bleiben."

„Ja, ich weiß, die Mama, ich kenn die Geschichte."

„Eben, also, machen wir das Beste draus."

„Ja, sicher. Ich hau mich aufs Ohr."

„Na dann, schlaf schön."

„Ja, gute Nacht, wir sehen uns morgen."

Daniel Keller zog sich in sein Zimmer zurück und ließ seine Eltern alleine zurück.

„Wir packen morgen aus, lass uns ins Bett."

„Gute Idee, ich sag dir aber gleich, ich bin wirklich müde, ich kann heute gar nichts mehr."

„Ach geh, auf die Schnelle."

„Nein ehrlich, selbst das ist mir zu viel. Ich glaub ich fall jetzt einmal tot ins Bett."

„Na wie du meinst, morgen ist auch noch ein Tag. Und wenn Daniel am Morgen gleich einmal ins Meer möchte, haben wir ohnehin unsere Ruhe."

„Ja, lass uns mal schlafen, es war ein anstrengender Tag."

„Ich war dabei, mir brauchst du nichts erzählen."

„Komm jetzt, leg dich hin."

Es kehrte Stille ein in Sambita. Seit knapp zwanzig Jahren wurden hier nun schon Gäste bedient und umsorgt. Das Areal des Ferienclubs befand sich auf einer kleinen Landzunge, die etwa einen halben Kilometer ins Meer hinein reichte. Ebenso weit war es bis zu einer kleinen Insel, die sich parallel zum Strand befand. Das Hauptgebäude, das Hotel mit Speisesaal, Restaurant, Terassencafé inklusive Bühne, befand sich auf einer leichten Anhöhe. Von dort ging es direkt zum Strand hinunter, beziehungsweise reihten sich die Bungalows, einer an den anderen, aneinander. Zum Gelände kam man, wenn man das Wärterhäuschen passierte, seinen Parkausweis zeigte und die steile Straße, die direkt von der Küstenstraße abzweigte, im Schritttempo bis zum Hauptgebäude fuhr. Für das leibliche Wohl war gesorgt, es gab Frühstück zwischen 7:30 und 10.00 Uhr, Mittagessen von 11:30 bis 14:00 Uhr, dazwischen eine Jause mit Kaffee, Kakao, Tee und Gebäck auf die ab 18:00 Uhr das Abendessen folgte. Konnte man an einer der Speiseveranstaltungen nicht teilnehmen, gab es die Option eines Lunchpakets. Und auch die Unterhaltung kam nie zu kurz, ein geschultes Animationsteam junger dynamischer Menschen kümmerte sich darum, dass die Fitness geschult wurde und keine Langeweile aufzukommen gedachte. Die Beschwerden hielten sich seit jeher in Grenzen, und es schien, als ob es unter der südlichen Sonne um diese Jahreszeit keine Probleme gab.

3 – Sonntag – Freizeit

Ella Fein war achtundsiebzig. Seitdem ihr Mann vor mehr als zehn Jahren das Zeitliche gesegnet hatte, verbrachte sie mehrere Monate im Jahr auf Reisen. Meist in Gesellschaft. Der Sommer stand jeweils im Zeichen von Sambita. Sie hatte ihren letzten Urlaub mit ihrem Mann hier verbracht. Nun war sie in munterer Gesellschaft wieder da und genoss ihr Leben in vollen Zügen. Ihre Devise war, es gibt nichts mehr zu verlieren, vor allem keine Zeit. Sie teilte sich ein Zimmer im Hotel der Anlage mit Rosa Peters, im Zimmer nebenan schliefen

Leopoldine Konrad und Karolina Furtmayer. Ella Fein stand am Balkon und rauchte eine Zigarette. Der Tag hatte für sie begonnen und somit war auch ihr Verlangen nach Nikotin wieder erwacht. Ihre drei Begleiterinnen rauchten nicht. Es war kurz vor sieben Uhr morgens. In weniger als einer Stunde, würden die vier Damen an ihrem Stammplatz sitzen und ein üppiges Frühstück zu sich nehmen. Danach spazierten sie wie üblich am Strand entlang, um sich dann auf die Terrasse des Restaurant zu setzen um dort Karten zu spielen, in Illustrierten zu blättern, oder einfach nur dem Treiben am Strand zuzusehen. Sie schlossen Wetten ab, wer am nächsten Tag wohl neben wem aufwachen würde, zu einer definitiven Überprüfung reichte es natürlich nie, aber sie hatten ihren Spaß dabei.

Kurz vor acht parkte sich ein roter Mercedes-Kombi vor der Rezeption ein und Michael Maliz stieg aus. Auf dem Beifahrersitz döste seine Frau. Sie waren die Nacht lang über unterwegs gewesen. Eigentlich hatten sie die Ankunft für den Vortag geplant gehabt, doch ein geplatzter Reifen hatte ihnen einen Strich durch die straffe Planung gemacht und so kamen sie erst mit gut zehn Stunden Verspätung an ihrem Ziel an. Es war der erste gemeinsame Urlaub seit Langem und der erste gemeinsame Urlaub alleine, seitdem ihre Tochter Annabelle nun das dritte Familienmitglied geworden war. Sie war sechzehn Jahre alt und verbrachte den Sommer mit ihrem Freund auf Interrail. Bisher waren nur Vater oder Mutter mit Annabelle verreist gewesen. Als ihre Tochter noch die Volksschule besuchte, waren sie noch öfters zu dritt unterwegs gewesen, mit zunehmenden Alter ihrer Tochter, ergab es sich, dass jeweils ein Elternteil den Urlaub übernahm und der andere sich seinen eigenen Interessen widmete. Maliz erledigte die Formalitäten und kehrte zum roten Mercedes zurück. Er weckte sachte seine Frau Ruth und informierte sie darüber, dass sie selbst vorsprechen musste.

„Wozu?"

„Wegen dem Bandl, das müssen sie dir auf die Hand geben, du musst das unterschreiben."

„Mein Gott, als würde ich mit dir hier her fahren um dann mein Bandl jemandem anderen zu geben. Naja, egal. Ich geh rein."

„Ich wart hier solang."

„Ja, hoff ich."

Die Ehe der beiden funktionierte schon lange nicht mehr. Oder besser gesagt, sie funktionierte nur noch. Um sich scheiden zu lassen fehlte beiden die Zeit, für eine Trennung noch mehr. Der gemeinsame Urlaub sollte eine Art Belastungsprobe sein, sie hatten es ihrer Tochter versprochen. Die war der Meinung gewesen, dass etwas geschehen musste. Und ein Urlaub brachte oftmals viel mehr ans Licht als jede Paartherapie oder Eheberatung. In zwei Wochen würden sie es wissen. Dann würden sie weitermachen wie bisher, nur mit der sicheren Gewissheit eben, mit welchem Ergebnis auch immer.

Michael Maliz parkte den roten Mercedes direkt neben einen schwarzen Ford. Er stieg aus und öffnete den Kofferraum um zwei umfangreiche Gepäckstücke herauszuhiefen. Dann nahm er eines der beiden und ging damit zum Eingang von Bungalow 17. Er holte den Schlüssel, den er an der Rezeption bekommen hatte aus seiner Hosentasche und steckte ihn in das primitive Schloss. Dann öffnete er die Tür und trat ein. Seine Frau folgte ihm und suchte erst einmal die Toilette auf.

„Du musst immer aufs Häusl.“

„Ja, lass mi.“

Dann trat er wieder ins Freie um den zweiten Koffer zu holen. Es war sein eigener. Er war wesentlich leichter als der seiner Gattin. Die hatte ihren zwischenzeitlichen Zufluchtsort mittlerweile wieder verlassen und war nun damit beschäftigt, ihre zahlreichen Kleidungsstücke auf dem Bett auszubreiten.

„Was machst, eine Modenschau?"

„Nein, aber ich muss die Kleider ausbreiten, die waren zu lange im Koffer."

„Hängs einfach in Kasten, dann fallens schon richtig."

„Ja, ich weiß das, aber ich muss schauen was ich alles mit hab."

„Das wirst doch wissen, du hast das zeug ja selbst eingepackt."

„Hast du nix zu tun?"

„Doch, ich setzt mich einmal raus."

„Willst du ned duschen nach der langen Fahrt."

„Eigentlich ned. Ich hab mir gedacht wir gehen erst einmal frühstücken und schauen uns dann ein bissl hier um."

„Ja, gemma gleich frühstücken. Ich mach das dann später."

„Na dann, schauen wir, was das Buffet alles zu bieten hat."

„Du isst doch eh alles."

„Na, alles ess ich nicht."

„Aber fast."

„Vielleicht, zumindest ess ich nicht andauernd."

„Wenn das eine Anspielung sein soll, dann kannst dus dir sparen. Du sagst mir nicht wie viel ich essen darf."

„Ich sag doch gar nichts."

„Ja, und das ist auch besser so."

Zur selben Zeit herrschte noch einträchtige Stille im Bungalow der Animationsfraktion. Es war Sonntag und es war der animationsfreie Tag. Die ursprüngliche Geschlechtertrennung war nach dem gestrigen Badeausflug über Bord geworfen worden und die Nacht hatte die Vorzüge dieser Entscheidung zu Tage gebracht. Heute war das Einzige, das noch erledigt werden musste, die Planung vom Vortag in eine passende Präsentation umzusetzen. Es musste ein ansprechendes Plakat für die Anschlagtafel im Hotel gestaltet werden. Üblicherweise war dafür in den meisten Fällen die weibliche Fraktion zuständig, aus welch fadenscheinigen Gründen auch immer. In diesem Fall hing das fertige Plakat schon am Nachmittag gegenüber des kleinen Shops der direkt neben dem Eingang zum Speisesaal lag. Die Waren die dort feil geboten wurden, waren dringender Bedarf für den Urlauber mit Familienanhang. Spritzpistolen, Wasserbälle, Schnorchel und Flossen, Ansichtskarten, Kugelschreiber, mehr oder minder brauchbare Spiele für die ganze Familie und Tageszeitungen in mehreren Sprachen. Daneben gab es einen Raum mit einem Billardtisch, Airhockey und mehreren Spielautomaten, die rund um die Uhr besetzt waren von Gästen aller Altersklassen. Die Kinder spielten Airhockey während ihre Väter sich beim Billard versuchten und sich abwechselnd Verfolgungsjagden bei den Videospielautomaten lieferten. Es herrschte reges Treiben, ein Kommen und Gehen aller Altersklassen und die Brut tapste mit ihren nassen Füßen durch die frisch gewischten Gänge. Geschäftiges Treiben, Alltag in Sambita.

*

Die Sonne stand nun über der kleinen Insel, die im direkten Blickfeld der Terrasse des Restaurants lag. Ihre Strahlen waren nun nicht mehr so intensiv wie tagsüber, sie wärmte aber immer noch, abgestimmt mit der leichten Brise die vom Meer herüber zog. Die besten Plätze waren mittlerweile alle besetzt und es mischten sich goldene, silberne und grüne Bänder. Das Abendessen war in allen Paketen inkludiert. Daniel Keller setzte sich an den Tisch an dem sein Vater mit seiner Mutter gerade über die Garungszeit von Fisch diskutierte.

„Fisch geht gar nicht bei einem Buffet. Der muss gleich aufs Teller, wenn er fertig ist."

„Naja, aber das kannst du nicht verlangen. Wie sollen die für zwei, dreihundert Leute Fisch auf den Punkt garen?"

„Gar nicht am besten."

„Ach was, iss schon. Kannst ja zuhause wieder haute cuisine spielen."

„Ich spiele nicht, ich kreiere."

„Ja, jetzt krier da einmal das Ganze in deinen Mund."

„Ihr habts Sorgen."

„Ach was, Sorgen. Du weißt doch, er ist sehr kritisch."

„Jaja, kritisch, außer es brennt ihm sein Gulasch an. Dann lehrt er einen Becher Sauerrahm hinein und glaubt es merkt keiner."

„Du musst mein Gulasch nicht essen."

„Naja."

„Ja, außer du kommst um vier heim und isst den ganzen Topf leer. Da passts dann wieder."

„Ja, da bin ich schon immun."

„Das glaub ich dir, vor allem wenn man dann in dein Zimmer kommt. Rauchen darf man dort nicht. Offenes Licht strengstens verboten."

„Sehr witzig."

„Ja, er ist manchmal sehr witzig."

„Was hast du heute noch vor, Sohnemann?"

„Nenn mich nicht Sohnemann. Ich weiß nicht. Ich wollt mich noch ein wenig umsehen."

„Umsehen, soso. Deine Mutter und ich, wir wollten dann noch zum Strand hinunter. Sonnenuntergang und so."

„Ah, kommt die Urlaubsromantik?"

„Vielleicht."

„Dann bitte Zimmerlautstärke, andere wollen schlafen."

„Jaja, geh dich lieber umsehen."

Das Meer umspülte ihre Zehen und der nasse und mittlerweile kühle Sand, massierte bei jedem Schritt ihre Fußsohlen. Georg und Susanne Keller schritten den

Strand entlang, hielten dabei ihre Hände und fühlten sich für wenige Augenblicke in eine Zeit zurück versetzt, in welcher die Leichtigkeit jeden Tag bestimmt hatte. Die nächsten Tage sollten ganz im Zeichen dieser Leichtigkeit stehen, zumindest hatte Georg Keller diesen Gedanken, als er mit seiner Frau, die Stufen zum oberen Plateau hinauf stieg, von dem aus, sich die Wege zu den Bungalows sternförmig anordneten.

4 – Montag – Karaoke

Miroslav Dajic schreckte aus seinem Schlaf hoch. Es war spät geworden, das Wochenende hielt immer zu viel Arbeit bereit, vieles, das die Woche lang liegengeblieben war, musste er am Samstag und Sonntag erledigen, dazu kamen die Grundreinigung in mehreren Bereichen der Anlage und die Sonntagsmesse. Der Wecker schrillte knapp neben seinem Kopf am Nachtkästchen und läutete somit seinen Arbeitstag ein. Es war kurz nach fünf Uhr früh als er seine kleine Dienstwohnung verließ und eine Aufsichtsrunde drehte. Sein Weg führte ihn zwischen den Bungalows entlang, am Pool vorbei und hinunter zum Strand. Er taxierte das Ausmaß der nächtlichen Trinkgelage und romantischen Zusammenkünften um seinen Mitarbeitern Instruktionen noch vor dem Normalbetrieb zu überbringen. Es war nicht einmal gewesen, dass er jemanden Wecken musste, der den Weg in sein derzeitiges Quartier aus den verschiedensten Gründen nicht mehr aufsuchen hatte können. Im heutigen Fall war es eine junge Dame. Sie lag auf der Seite im Sand und schlief tief und fest. Dajic schritt auf sie zu und drehte sie zur Seite. Vor ihm lag Ilona Cuko. Doch sie schlief nicht. Auf ihrer Stirn klaffte eine offene Wunde, das Blut darum war mittlerweile geronnen und sie sah ihn mit weit aufgerissenen Augen an. Ihr Blick war leer. Miroslav Dajic, dessen Magen vielerlei gewöhnt war, brauchte eine Pause. Er wandte umgehend seinen Blick ab und musste sich übergeben. Ein Fall für seine Truppe. Nachdem er die Leiche mit einem kurzen Blick nochmals streifte, machte er sich, so schnell ihn seine noch müden Beine trugen, auf den Weg zur Rezeption. Kurz vor sieben würden die ersten Gäste den Strand in Beschlag nehmen, bis dahin musste alles wieder seine Ordnung haben. Eine Tote am Sandstrand von Sambita wäre eine

Katastrophe. Er musste alles in die Wege leiten, sodass das Tagesgeschäft keinen Schaden litt.

*

„Wir werden nach dem Essen wieder zum Strand gehen, ok?"

„Ok."

„Und was wirst du treiben?"

„Werd wieder was lesen. Was soll ich sonst hier tun."

„Geh mit uns ins Meer, Papa."

„Später."

„Ich hol mir noch Cornflakes."

„Warte, ich komme mit."

Familie Bauer begann den Tag mit einem ausführlichen Frühstück. Das Buffet wurde von links nach rechts durchprobiert. Nicht alles, was geholt wurde, wurde auch gegessen; das Angebot war einfach zu groß. Spiegelei, Eierspeise, weich gekochte Eier, harte Eier, Speck, Würstchen, Melonen, Orangen, Zitronen, Paradeiser, Semmeln, Brot in hell oder dunkel gehalten, Tee, Kaffee, Orangensaft, dazu die ohnehin verfügbaren Getränke, um nur einiges aufzuzählen. Wie gesagt, die Teller wurden bis zum Rand gefüllt und ebenso voll wurden sie am Tisch zurück gelassen. Silvia Bauer holte die Badesachen aus dem Bungalow, ihr Mann seine Bücher, die er vor der Reise mit Bedacht ausgewählt hatte und die beiden Kinder schlüpften in Badehose, respektive Badeanzug und stürmten kurz darauf zum Strand hinunter. Sanfte Wellen verliefen sich im Sand und Familie Bauers Nachwuchs war damit beschäftigt, Muscheln ausfindig zu machen, Steine wurden umgedreht um Tiere darunter hervorzulocken, doch die Beute viel spärlich aus.

„Mama schau, ein roter Stein."

Anna Bauer hielt einen faustgroßen Stein in der Hand, dessen Farbe von einem Rotton in ein dunkles Braun verlief.

„Sieht komisch aus, so etwas hab ich noch nie gesehen."

„Was ist das für Stein?"

„Ich weiß es nicht, ich habe so einen Stein noch nie gesehen, das habe ich dir ja gerade gesagt."

„Schau Mami, die Farbe geht ab."

„Der wird wohl nur schmutzig sein, wirf ihn weg."

Amelie folgte aufs Wort und warf den Stein ins Wasser. Mit einem lauten Platscher tauchte er ein und sank dann langsam zu Boden, nicht ohne, dass sich das Wasser rund um ihn rötlich färbte. Mit seinem Untergang war der Stein vergessen und ein herrlicher Urlaubstag, all inklusive, nahm seinen Lauf. Manfred Bauer hatte sich in den Schatten zurückgezogen und las in einem Buch von Cornell Woolrich. Von Zeit zu Zeit sah er zu seiner Frau und den Kindern, die im Wasser spielten und fühlte sich, nach langer Zeit wieder glücklich und zufrieden. Er gab es möglicherweise nicht zu, man musste es ihm aber anmerken. Wenig später machten sich die Bauers auf den kurzen Weg zu ihrem Bungalow, um sich für das Mittagessen umzuziehen. Silvia blieb vor der Tür stehen und sah zum gegenüberliegenden Bungalow, dann erst trat sie ein.

„Was ist denn", fragte ihr Mann.

„Nichts."

„Na weil du nicht gleich hereingekommen bist."

„Ich dachte, ich hätte jemanden gesehen."

„Na wenig Leute sind da ja eh nicht, da sieht man immer wen."

„Genau."

„Also, machts weiter, ich hab Hunger."

„Na dann, werfen wir uns in Schale, zumindest in was Trockenes"

„Und dann ab, ja."

Die Zeremonie des Umkleidens war schnell hinter sich gebracht, dann machte sich die Bauersche Karawane auf in Richtung Hauptgebäude, welches das Hotel darstellte. Restaurant und Speisesaal waren darin untergebracht, ebenso wie die Räumlichkeiten der Animation. Derzeit lief wohl gerade ein Kinderbeschäftigungsprogramm. An zwei langen Tischen saß eine Reihe Kinder die gerade damit beschäftigt waren, Piraten auf Papier zu bannen. Am Nachmittag würde eine Schatzsuche ausgerufen werden. Eine Schnitzeljagd, verteilt über das gesamte Sambitaarreal.

Familie Bauer schlurfte in der prallen Sonne an den Bungalowreihen vorbei, die alle wie ausgestorben dastanden. Lediglich vor einem saßen ein älterer Herr, eine ebenso rüstige Dame und ein junges Mädchen. Die beiden Erwachsenen spielten Karten, es standen eine Flasche Bier und ein Glas Wein auf dem Tisch an dem die Gruppe saß. Als die Bauers auf gleicher Höher waren, sprach sie der Mann an.

„Und, woher seid ihr?"

„Wir sind aus Wien."

„Ach Ösis, ihr macht Urlaub hier?"

„Ja, sicher."

„Wir auch. Ich bin Konrad, das ist meine Frau Elise. Mit unserer Enkeltochter Mareike."

„Bauer, Manfred Bauer. Meine Frau Silvia und unsere beiden Kinder."

„Ja und haben die auch Namen."

„Natürlich haben die Namen, Tobias und Anna.“

„Fein, wir sind aus Bielefeld, wir kommen jedes Jahr hierher.“

„Wir sind zum ersten Mal hier.“

„Ach das passt schon. Und, was habt ihr so vor?“

„Eigentlich nichts.“

„Das ist gut, ist ja Urlaub.“

„Eben.“

„Gestern hat mir einer erzählt, was er alles so geplant hat. Volles Programm jeden Tag, ne ganze Woche. Ich hab ihm gesagt: Mensch, du bist doch auf Urlaub. Versteh ich nicht, die Leute. Das ganze Jahr über im Stress und im Urlaub keine freie Sekunde. Das kann doch nicht gut gehen.“

„Kann es nicht, nein.“

„Geht ihr essen?“

„Ja.“

„Na, dann gute Mahlzeit, wir gehen später, wenn weniger los ist. Muss auch nicht mehr alles da sein, langt ohnehin für dreimal so viel."

„Na dann, schönen Mittag."

Von links und von rechts hatte sich jeweils eine Reihe an Menschen gebildet, die alle mit einem Teller in der Hand warteten, endlich zu dem Warmhaltebehälter zu kommen, der das gewünschte für sie bereit hielt. Dann würden die Teller gefüllt, was Platz fand und nicht wieder hinunter fiel, die Tische aufgesucht und mit einer Geschwindigkeit, die ihresgleichen suchte, wieder geleert um sie gleich darauf wieder zu befüllen. Ob man die zweite Portion fertig aß, war von geringer Bedeutung, schließlich hatte man ja bezahlt, also konnte man auch reichlich zugreifen. Es gab wenige Ausnahmen, solche Gäste, die wirklich nur nahmen, was sie auch aßen. Ella Fein zum Beispiel. Sie füllte ihren Teller zwar auch bis zum Rand, häufte in der Mitte dann noch etwas Meeresgetier auf, aß jedoch alles auf, um sich dann noch die Nachspeise, heute eine Variation an Kuchenminiaturen, zu holen; selbstverständlich von jeder Sorte eine. Am Tisch neben den vier rüstigen

Damen, saßen Herwig und Ulrike Tonman und verzehrten ihr Mittagsmal. Herwig Tonman war unzufrieden. Er hatte von den Schweinefilets nur noch drei Stück bekommen und kaute nun frustriert auf seinen Bissen herum.

„Zäh, zäh wie Leder. Wer kocht so etwas?"

„Ach Herwig, die sind doch gar nicht zäh."

„Ach was, zäh wie Leder. Das einzige, das du hier zu dir nehmen kannst, ist das Wasser, da können sie nichts falsch machen."

„Du nörgelst schon wieder."

„Ich nörgle nicht, das ist konstruktive Kritik."

„Du nörgelst."

„Ach lass mich doch. Und das Gemüse, total verkocht, da können sie gleich Eintopf draus machen."

„Jetzt hör doch auf und iss."

„Ich ess ja eh."

„Na eben."

Ulrike Tonman war seit mehr als vierzig Jahren mit ihrem Mann verheiratet. Seitdem er kurz vor der Pensionierung stand, war er schwer zu ertragen. Konnte er es nicht mehr erwarten, oder hatte er Angst davor, es war schwer herauszubekommen. Selbst verlor er kein Wort darüber, dafür aber, musste er kritisieren, wo es nur ging. Mehr als er es bisher sonst getan hatte.

Herwig Tonman setzte sich an einen der vielen leeren Plätze im Restaurant. Es war kurz nach dem Mittagessen und er hatte genug vom gestreckten Bier, das man literweise trinken musste um überhaupt den Geschmack davon im Mund zu haben. Er wartete bis der Kellner kam und bestellte sich eine Flasche Budweiser. Das war wenigstens in einer Flasche, damit konnten sie doch nichts gemacht haben. Da solche Zusatzbestellungen sehr wohl extra zu begleichen waren, wurde er dementsprechend zuvorkommend behandelt. Das freundliche Gesicht trugen hier zwar alle vor sich her, in diesem Fall schien es Tonman, auch ein klein wenig Unterwürfigkeit zu erkennen; es sollte sich wohl auf das Trinkgeld auswirken. Der Kellner stellte die grüne Flasche vor den Gast, dazu ein frisch ausgespültes Glas, in dem noch ein Rest lauwarmes Wasser war. Tonman leerte es neben sich und schenkte sich ein. Der erste Schluck war der beste. Jedoch hatten noch weitere zu folgen. Dann holte Tonman seine Zigaretten aus seiner Brusttasche, zog das Feuerzeug aus seiner Hose und steckte sich einen Glimmstängel an. Umgehend stand der freundliche Herr, der ihm vorher sein Bier gebracht hatte vor ihm und lächelte ihn an: „Hier dürfen sie nicht rauchen!"

„Ich rauch ja gar nicht", gab Tonman zur Antwort, „oder rauchts bei mir irgendwo raus?"

„Die Zigarette."

„Ach die, die ist schon erwachsen, die macht immer was sie will."

Um einem Konflikt aus dem Weg zu gehen, und wahrscheinlich um die mögliche Zuwendung nicht zu gefährden, zog der Kellner den Rückzug einem Bestehen auf seine Forderung vor. Es war, wie schon erwähnt, kurz nach dem Mittagessen, und bis auf ein Pärchen, das am anderen Ende der Tischreihen saß, war niemand mehr da. Sollten die beiden sich beschweren, dann müsste er wohl seiner Pflicht Genüge tun und sich des Qualmers wieder annehmen. Vorerst würde er sich aber wieder hinter seiner Bar verschanzen. Er hatte noch einiges vorzubereiten und wollte für den Nachmittag gewappnet sein, wenn alle in ihren nassen Hosen, die sie schnell über ihre Badekleidung zogen, die Sitze feucht hielten.

Der weitere Tag verlief vorhersehbar. Eingeölte Leiber lagen im Sand und auf Tüchern, Kindergeschrei war zu vernehmen und der eine oder andere Gast hatte es sich im Schatten gemütlich gemacht. Kurz vor dem Abendessen begannen Micael Istock und Slobo Kosturica auf der Terrasse die hauseigene Musikanlage aufzubauen. Heute war Karaokeabend. Ein Angebot, das immer sein Publikum fand. Entweder waren es verhinderte Stars, Menschen die sich selbst überschätzten oder es waren schadenfrohe Zeitgenossen, die anderen beim Scheitern zusehen wollten um sich darüber lustig zu machen. Auf jeden Fall hatten alle ihren Spaß dabei. Zur Einstimmung sang die Animationstruppe Mama Mia von Abba um dann Songwünsche entgegen zu nehmen. Die reichten von La Paloma über La Bamba, bis zu diversen lokalen Hits, die zur allgemeinen Belustigung unter den deutschsprachigen Gästen beitrugen. Konrad brachte

Elise ein Ständchen, und dieses war wohl der einzige Moment, der nicht hier hierher passte. Zu ehrlich, zu gefühlvoll. Dann nahm er sie bei der Hand und sie machten sich auf den Weg zu ihrem Bungalow. Der Tag war lange genug gewesen, es war ja Urlaub, da konnte man schon auch früher ins Bett gehen.

5 – Dienstag – Quiz

Nach einer langen Karaoke Nacht erwachte Alex nicht in seinem Zimmer. Er sah sich um, und musste mit Schrecken feststellen, dass er sich verschlafen hatte. Nicht zum ersten Mal. Der Alkohol, die Stimmung und die späte Stunde hatten wohl seinen Geschmacksinn getrübt. Er stieg langsam und sachte aus dem Bett um den Ort des Geschehens unerkannt verlassen zu können. Wohin hatten ihn Günter und Peter da wohl wieder gehen lassen, beziehungsweise mit wem. Sein Schädel fühlte sich an wie aus Gummi und er nahm seine

Umgebung wie durch einen Schleier wahr. Die Türe fiel leise hinter ihm ins Schloss. In welchem Stock war er? Er musste in den dritten. 312 war ihre Zimmernummer. Dort angelangt, fand er seine beiden Freunde in ihren Betten, laut schnarchend vor.

„Stehts auf es Sackln, gemma frühstücken."

„Hoit die Goschn," brummte Günter verschlafen.

„Wo warst du übrigens, bei der Bladen?"

„War die blad?"

„Wurscht, jetzt gehts ihr besser."

„Jaja, die Bladen san a Wahnsinn im Bett, die glauben immer es is des letzte Mal, die nutzen des so richtig aus."

„Ja, passt schon, gemma, oder?"

„Jetzt wart, i muss erst duschen gehen, sonst bin i ned munter."

„Ja, aber zah an."

Eine viertel Stunde später saßen die drei an ihrem Frühstückstisch, die Teller beladen mit Speck, Spiegelei und Würstchen. Am Tisch daneben saßen Michael und Ruth Maliz. Der nächste Tisch war noch unbesetzt. Leere Gedecke warteten auf Familie Keller, von der auch schon zwei Drittel auf dem Weg zu ihrem Platz waren. Daniel und Georg Keller holten sich zwei leere Teller und schritten das Buffet ab, Susanne Keller war noch dabei Karten für alle Verwandten und Freunde auszuwählen, das konnte dauern. Nachdem sich beide ihren Kaffee per Knopfdruck aus einem der beiden belagerten Automaten heruntergelassen hatten, kehrte sie zu ihrem Tisch zurück und setzten sich.

„Georg?"

„Ja?"

„Das bist doch du?"

„Ja, ich bin das. Aber wer sind sie?"

„Geh bitte, Georg, Ich bins Ruth."

„Ruth? Ja, welche Ruth?"

„Georg, Georg, wie viel Ruths kennst denn?"

„Nein, ich komm ehrlich nicht drauf. Aber ihn kenn ich-"

Und jetzt kam schlagartig die Erinnerung. Georg Keller erinnerte sich, und wie. Am Nebentisch saßen Michael Maliz und Ruth Korb. Es musste eine Ewigkeit her sein, sicherlich achtzehn Jahre. Sie hatten damals dieselbe Schule besucht. Michael Maliz und Georg Keller die gleiche Klasse, Ruth Korb die Parallelklasse, einen Stock tiefer.

„Was macht ihr hier?"

„Nach was schauts denn aus?"

„Ja, klar, Urlaub."

„Eben."

„Ganz ohne Kinder?"

„Ja, unsere Tochter ist diesmal nicht mit, sie ist jetzt sechszehn, mit ihrem Freund auf Interrail unterwegs."

„Fein."

„So ist es. Dein Sohn?"

„Ja, Daniel."

„Hallo", Daniel Keller blickte kurz hoch und widmete sich wieder seinem Frühstück. Ein Treffen von alten Bekannten, wer wollte da nicht mit hinein gezogen werden.

„Schau, da kommt die Susi."

„Jaja, die hast du dir dann gleich geschnappt", sagte Maliz.

„Geh, hör auf."

„Ja, ist eh zu lange her, kann mich fast nicht mehr erinnern."

Susanne Keller kam, mit einem Stapel Postkarten in der Hand geradewegs auf ihre restliche Familie zu. Dann blieb sie stehen, schaute ungläubig in die Runde und sagte: „ Na aber hallo."

„Ja, wir haben auch geschaut."

„Ich nicht, ich kenn da ja niemanden." Daniels Wortmeldung wurde höflich ignoriert.

„Ihr seid hier auch auf Urlaub?"

„Ja, haben wir gerade mit deinem Mann erörtert."

„Sachen gibt's; wie lang muss das jetzt schon her sein?"

„Na ich würde sagen, gute achtzehn Jahre", sagte Michael Maliz und sah Susanne Keller an.

„Wahnsinn, die Zeit vergeht. Wir haben uns nie gesehen dazwischen."

„Naja, wie es halt so ist im Leben. Die Matura war abgehakt und wir alle sind in komplett unterschiedliche Himmelsrichtungen auf und davon."

„Naja, ihr beiden gemeinsam."

„Ja, das war knapp nach der Matura."

„Eure Kinder?"

„Ja, sicher, was glaubst du."

„Na eh, das ist Daniel."

„Wissen wir schon."

„Na, ich werde jetzt mal frühstücken, wir können uns ja was ausmachen, über alte Zeiten quatschen."

„Sicher, heute fahren wir ein wenig herum, ihr könnt ja mitkommen."

„Wir haben für heute schon was geplant, aber morgen sicher", warf Susanne Keller ein.

„Ach so?", fragte Daniel.

„Mensch, du merkst dir gar nichts."

„Ich hab auch Urlaub."

„Na egal, wir laufen uns hier ja sicher noch öfters über den Weg."

„Garantiert."

Solche Situationen konnten auch zu einer Enttäuschung werden. Viele Jahre waren vergangen und die handelnden Personen hatten sich in ihr eigenes Leben aufgemacht, hatten sich verändert und die Zeit hatte die Erinnerung an Damals verklärt. Einerseits war man geradezu verpflichtet das eine oder andere Wort zu wechseln, andrerseits kamen mit den Worten auch die Erinnerungen und Ereignisse wieder zurück, die möglicherweise die kontaktlosen Jahre gerechtfertigt hatten. Susanne Keller und Michael Maliz waren in der letzten Klasse Gymnasium ein Paar gewesen, wenn auch nur für kurze Zeit. Sie hatte ihn kurz vor der Matura verlassen und war einige Zeit später mit Georg zusammen gekommen. Andrerseits waren fast zwanzig Jahre ins Land gezogen, mittlerweile sollten solche Jugendlieben wohl abgehakt und verdaut worden sein.

*

Der Himmel hatte sich verdunkelt, graue Wolken behinderten den Blick auf die Sonne. In nächster Nähe musste wohl einer der vielen, aber überschaubaren Waldbrände stattfinden. Rote Löschflugzeuge zogen ihre Kreise und die Gäste vom Sambitaareal standen und reckten ihre Hälse. Es war windstill. Kein Lüftchen regte sich. Glück im Unglück, so konnten die Flammen, die in einem kleinen Wäldchen, versteckt hinter den Hügeln wüteten, sich nicht allzu schnell verbreiten und die örtlichen Einsatzkräfte hatten das Feuer im Nu unter Kontrolle. Interessanter waren offensichtlich die Flugzeuge selbst, wie sie sich langsam vom Himmel herabfallen ließen um dann, mit geöffneter Klappe, knapp über der Wasseroberfläche ihre nasse Fracht aufzunehmen, um sie an Ort und Stelle wieder abzuwerfen. Das Spektakel dauerte keine Stunde, ließ aber Groß und Klein mit geöffneten Mündern am Strand stehen. Konrad erklärte seiner Elise das Vorgehen, einige Kinder beschlossen, später einmal selbst Pilot eines Löschflugzeugs zu werden und hie und da schaffte es sogar die Sonne wieder, zwischen der einen oder anderen Wolke hervorzusehen. Es war eine willkommene Zusatzattraktion ohne Mehrkosten, all inklusive, man hatte ja nicht umsonst gebucht.

Die mehrsprachigen Bögen mit den zehn Quizfragen wurden um halb neun Uhr ausgeteilt. Die Abendsonne erleuchtete die Szenerie und tauchte sie in ein magisches Dunkelrot. Das Wasser, das von der Terrasse des Restaurants panoramatechnisch gut zu überblicken war, schimmerte ebenso farbenprächtig und der rote Ball begann langsam im Meer zu versinken. Die Gäste bildeten tischweise Gruppen und zerbrachen sich den Kopf ob der gefinkelten Fragestellungen. Gleich vorweg, sie konnten alle beantwortet werden. Man musste nur die Augen offen gehalten haben, oder selbst noch einmal nachsehen, wie viel Stufen wohl zum Tennisplatz hinaufführten beziehungsweise welche Bungalownummer wohl jene, der Animationstruppe war. Micael Istock, Slobo Kosturica, Silvana Blima und Kara Milova, die als schneller Ersatz für Ilona Cuko angefordert worden war, hatten sich am Nachmittag, in Windeseile die Fragen gegenseitig zugeworfen, die interessantesten zehn zusammengefasst und danach das Kopiergerät in der Rezeption angeworfen. Jetzt sammelten Slobo, Micael und Kara die fertig ausgefüllten Bögen ein, um sie umgehend auszuwerten. Alle korrekt ausgefüllten Blätter würden nun an der Verlosung teilnehmen. Alle würden gewinnen, die ersten zehn jedoch, die gezogen wurden, bekamen spezielle Preise, wie zum Beispiel, eine Fahrt am Bananenboot oder eine Flasche eines regionalen Weines, die Preise für die Allgemeinheit waren in der Regel Bons für ein Getränk an der Bar.

„Ich geh jetzt, ich muss das nicht abwarten."

„Ok, Daniel. Wir werden noch ein wenig hier bleiben, wohin gehst?"

„Runter zum Strand. Ist ja niemand da, da hab ich wenigstens ein bissl eine Ruhe."

„Ok, wir sehen uns später."

Daniel Keller verließ die Terrasse und stieg den Weg hinunter, der ihn direkt zum Strand brachte. Zwischen den Steinen hinab zum Sandstrand, der jetzt wie ausgestorben wirkte. Die Wellen brachen sich in einem leisen Flüstern, umspülten seine Füße und waren um diese Zeit schon angenehm kühl. Er blickte aufs Meer hinaus, am Bootssteg vorbei, auf dem eine Gestalt saß. Ganz vorne am Ende. Er war sich nicht sicher, aber es schien dieses eine Mädchen von der Animation zu sein. Scheiß Job, dachte er bei sich und ging bis ans Ende des Steges. Sie drehte sich zu ihm um und sagte: „Hallo!"

„Du kannst deutsch?"

„Ja, ein bisschen."

„Woher wusstest du-„

„Ach, das gehört zu meinem Job. Ich habe dich mit deinen Eltern Deutsch sprechen gehört, ich habs mir gemerkt."

„Ach so, na klar."

„Bist du das erste Mal hier?"

„Ja."

„Und, es gefällt dir?"

„Naja, eher nicht. Zu viele Leute, alle zu geplant. Und im Eigentlichen, geschieht hier gar nichts."

„Ja, zu viele Leute. Aber warum bist du dann hergekommen?"

„Ach, meine Eltern haben es sich gewünscht, eh nur für eine Woche, gemeinsamer Familienurlaub."

„Und, kannst du sie leiden?"

„Wen?"

„Deine Eltern."

„Ja, sie sind ganz ok, ich glaube sie sind selbst noch nicht ganz erwachsen, oder nicht mehr."

„Aha."

„Und du, du machst hier die Animation."

„Ja, ein Ferienjob, man verdient ganz gut und es ist nicht zu anstrengend. Ich möchte im Herbst zu studieren beginnen."

„Aha, was denn?"

„Skandinavistik."

„Was?“

„Skandinavistik. Hat mich immer schon fasziniert, weißt du, hier ist es fast immer heiß oder zumindest warm, mich zieht es eher ins Kühle.“

„Verstehe.“

„Und was machst du?“

„Nichts, ich geh noch zur Schule.“

„Ok, wie alt bist du?“

„Siebzehn, fast achtzehn. Und du?“

„Ich bin neunzehn.“

„Aha.“

„Weißt du, all die Leute hier, mir ist das manchmal zu viel. Ich sehe wie sie alle den ganzen Tag essen und trinken, und sie tun es, weil es nichts kostet. Sie laden sich ihre Teller voll und lassen die Hälfte über, ich finde das furchtbar.“

„Ja, aber du musst verstehen, das ist die einzige Zeit im Jahr wo sie aus ihrem Hamsterrad herauskommen.“

„Ich versteh das schon, aber warum müssen manche dann gleich zu solchen Tieren werden?"

„Tieren?"

„Ach, die eine Truppe, die drei Burschen, die vögeln alles was nicht bei drei auf den Bäumen ist."

„Ach so, naja, sie sind wahrscheinlich alleine da, ohne ihren Freundinnen."

„Natürlich."

„Nimms nicht so schwer, du musst dich ja nicht so benehmen."

„Was glaubst du von mir? Außerdem ist es uns verboten sich etwas mit Gästen anzufangen."

„Schade."

„Was?"

„Dass ihr nichts mit Gästen anfangen dürft."

„Ach das, das ist so etwas wie ein Schutz, was glaubst du wie oft ich das am Tag sagen muss. Manche glauben, all inklusive bedeutet, wirklich alles wäre inkludiert."

„Und wenn du aber möchtest?“

„Dann fragt keiner, wieso möchtest du das wissen?“

„So eben.“

„Hast du eine Freundin zu Hause?“

„Ich glaub nicht.“

„Du glaubst nicht, was soll das bedeuten?“

„Ich bin mir nicht so sicher.“

„Ok.“

Die Sonne war mittlerweile zur Gänze untergegangen und ein kühler Wind wehte vom Wasser her. Die Gewinner mussten mittlerweile schon ermittelt worden sein und mit ihren Preisen zumindest auf dem Weg zu ihren Schlafstätten. Das Programm war für diesen Tag zu Ende.

6- Mittwoch – Adam und Eva (Singleprogramm)

Ella Fein saß mit ihren Reisebegleiterinnen auf der Terrasse und spielte Karten. Die vier Damen tranken Kaffee und Tonic und warteten wohl aufs Mittagessen. Es war kurz nach elf Uhr und die Sonne stand schon hoch am Himmel. Die beiden Sonnenschirme, die sie sich an den Tisch hatten bringen lassen, spendeten großräumig Schatten und trotzdem schwitzten die vier Damen.

„Eine Hitz ist das."

„Das ist das Wetter."

„Willst dass schneibt?"

„Ehrlich?"

„Na, lieber ned."

„Heute in der Früh war die Polizei da."

„Was?"

„Die Polizei war da."

„Was haben die wollen?"

„Na woher soll ich das wissen, ich hab ja kein Wort verstanden was die geredet haben."

„Komisch, wird doch nichts passiert sein."

„Was soll denn hier schon passieren?"

„Na am Strand unten, am Abend passiert einiges."

„Das interessiert mich aber nicht, darüber bin ich hinweg."

„Darüber ist man nie hinweg, das redt ma sich nur ein."

„Dass du darüber nicht hinweg bist, ist mir klar, sonst würdest ned den halben Abend mit deinem Operngucker am Balkon stehn."

„Ich schau mir die Landschaft an."

„Das glaub ich, sieht man ja alles viel besser am Abend."

„Na, alles ned, aber manches."

Die Damenrunde brach in allgemeines Gelächter aus und widmete sich wieder ihrem Spiel. Rosa Peters war wohl, ob ihrer Bloßstellung, etwas aus dem Konzept gekommen und verlor die nächsten beiden Runden alle Stiche.

Zur selben Zeit etwa, brauste das Bananenboot, gute hundert Meter vom Strand entfernt, durch die Wellen. Der Gutschein hatte eingelöst werden müssen. Und nun saßen Alex, Günter und Peter hintereinander auf der aufblasbaren Banane und ließen sich durchs Wasser ziehen. Dass sie dabei mehrfach schon ins Wasser gefallen waren, lag wohl am Alkoholspiegel. Es war nicht so, dass sie nur zum Trinken hergekommen waren, sie tranken nicht die ganze Zeit über, in den Stunden, in denen sie schliefen waren sie abstinent. Ansonsten war dieser Urlaub ein Leberbelastungstest. Ins Bett kamen sie meistens erst nach Mitternacht, ins eigene manchmal. Es lief eine interne Wette, wer die meisten Auswärtsnächte in den zwei Wochen Urlaub wohl schaffen würde; Übernachtungen am Strand zählten nicht, man musste auf ein fremdes Zimmer eingeladen werden. Doppelzimmer zählten einfach. Der Gutschein galt für eine Fahrt, egal wievielte Personen mit von der Partie waren. Die nächsten drei Fahrten bezahlten die vier selbst und schwammen dann wieder zurück zum Strand.

„I hab an Durscht wie a Frischoparierter."

„Na dann, gemma auffe."

„Geh bitte, das Wasserbier. Bleib ma da, wir holen uns ein paar Cocktails am Strand."

„Des siaße Zeug?"

„Ja, des siaße Zeug, i lad euch ein. Die erste Runde geht auf mich."

Damit waren wohl alle zufrieden und man begab sich gemeinsam zur strohbedeckten Strandbar, nicht ohne den Blick schweifen zu lassen, man hatte schließlich einen Ruf zu verlieren und eine Wette zu gewinnen.

*

Konrad und Elise saßen mit ihrer Enkeltochter vor ihrem Bungalow. Konrad las in einer Zeitung, Elise war vertieft in einen dicken Wälzer und Mareike war mit ihrem Smartphone beschäftigt. Ob sie gerade Quizduell spielte oder mit ihren Freunden auf Facebook oder via WhatsApp in Kontakt war, soll ein Geheimnis bleiben. Auf jeden Fall war es ein Bild entschleunigter Urlaubsidylle. Fern der Heimat, ohne dringlicher Aufgaben, in unbekannter Umgebung die Seele baumeln zu lassen, sollte wohl jedem zivilisierten Menschen einmal pro Jahr chefärztlich verordnet werden. Das Leben, oder was sich die meisten Menschen darunter vorstellten, ging ohnehin viel zu schnell über die Bühne und auf dem Totenbett die Erkenntnis zu haben, man hätte wohl doch eher ein bisschen mehr Leben sollen, mehr Zeit mit den Kindern verbracht haben oder nicht nur ausschließlich einer vermeintlichen Karriere hinterher eilen sollen, die letztendlich nur Ersatzbefriedigung und Ablenkung für eine gekränkte Seele gewesen war, war zwar gut, würde aber wohl etwas zu spät kommen.

Am Strand hatten Günter und Alex mittlerweile Kontakt zum anderen Geschlecht aufgenommen. Peter döste nach drei Cuba Libre unter einer Pinie und war in diesem Zustand wohl nicht so ganz konkurrenzfähig. Das musste genutzt werden. Der Vorteil, den solch ein Urlaub besaß, war jener, dass am nächsten Morgen, der Beziehungsstatus wieder in der ursprünglichen Ausgangsposition war. Es gab keine Verbindlichkeiten und keine Liebesschwüre. Ja gut, die vielleicht, aber keine halbwegs ernst gemeinten, sie entstanden lediglich unter dem Einfluss übermäßigem Alkoholgenusses beziehungsweise erhöhter Testosteronausschüttung. Nix Ernstes, wie man landläufig so sagt. Und da die Gattinnen der drei etliche Flugstunden entfernt selbst auf Urlaub weilten, wurde nach den zwei Wochen auch nicht wirklich über das ge- und erlebte berichtet; von beiden Seiten nicht. Im Laufe des Nachmittags würden die derzeitigen Beziehungskonstellation, nach eingehender Begutachtungen möglicherweise noch die eine oder andere Veränderung durchlaufen und der Abend, samt der dazugehörigen Nacht, würde vielleicht noch die eine oder andere Überraschung paarungstechnischer Umstände bereit halten. Jetzt aber, war es Zeit den Gönner zu spielen und eine weitere Cocktailrunde zu organisieren.

*

„Du stehst immer noch auf sie."

„Schwachsinn."

„Ach was, ich habs dir doch angesehen."

„Geh bitte, du mit deiner Eifersucht, wir haben die eine Ewigkeit nicht mehr gesehen."

„Alte Liebe rostet nicht."

„Aufgwärmt schmeckt nur a Gulasch."

„Super, deine Weisheiten."

„Und du, was is mit erm?"

„Was soll sein?"

„Na, war da ned was?"

„Da war nie was, du Trottel, das war der Wolfgang, sein Bruder."

„Naja, is eh dasselbe."

„Ja, sicher."

„Lass mich, du machst echt alles hin."

„Genau, spiels wieder an mich zurück. Ich bin eh an allem Schuld, war ich doch immer."

„Ned an allem, aber sowas, du machst dich vollkommen lächerlich."

„Ja, und du bist lächerlich. Glei große Augen, grad dass du ihr ned unter Rock gfahren bist."

„Mir reicht das jetzt, ich geh jetzt einmal ein bissl raus."

„Ja, mach das, is eh besser, dann kann ich wenigstens mein Urlaub genießen."

„War eh a blöde Idee, das mitm Urlaub."

„Lass die Bella da raus."

„Ich hab nichts gesagt. Wäre besser gewesen wir wären zuhause geblieben, da hät ma wenigstens mehr Abstand."

„Ja, weißt was, halt Abstand."

„Ja, ich geh jetzt eh. Abendessen wirst ja alleine können, oder, das wirst ja noch hinkriegen?"

Michael Maliz war einer der Ersten beim abendlichen Buffet. Der Appetit war ihm zwar etwas vergangen, aber er schaufelte sich dennoch seinen Teller voll, oder vielleicht gerade deswegen. Er holte sich ein kleines Bier und setzte sich an einen freien Platz. Allmählich begann sich der Saal zu füllen und er erblickte seine Frau, die sich demonstrativ ans andere Ende der Tischreihe setzte. Gut, wenn sie es so wollte, dann sollte sie es so haben. Am Nebentisch saß Herwig Tonman mit seiner Ulrike. Maliz fiel auf, dass er immer wieder herübersah.

„Kann ich ihnen helfen?"

„Das glaube ich nicht", erwiderte Tonman.

„Na dann."

„Ich habe mich nur gefragt, wie sie das Essen können."

„Muss ich wohl, gibt ja hier nichts anderes."

„Da könnten sie recht haben."

„Eben."

„Und was sagen sie zum Bier?"

„Was soll ich dazu sagen?"

„Naja, schmeckt es ihnen?"

„Geht, schön leicht, gut bei dieser Hitze."

„Schön leicht, jaja, sie sind wohl Diplomat?"

„Nein."

„Wo ist ihre Gattin?"

„Nicht hier."

„Ehekrach?"

„Ach Herwig, lass den Herren doch, das geht dich doch nichts an."

„Ach was, er muss ja nicht antworten, wenn er nicht will."

„Er will nicht."

„Was?"

„Antworten."

„Ach so. Was wollen sie nicht beantworten?"

„Gar nichts."

„Also wollen sie doch antworten?"

„Herrgott noch einmal, kann man hier nicht mal in Ruhe essen?"

„Ne, das kann man nicht. Viel zu viele Leute."

„Ja, das sehe ich auch."

„Warum ist ihre Frau nicht da?"

„Ehekrach, haben sie ja schon so scharfsinnig beobachtet."

„Ja, hab ich, die sitzt nämlich dort drüben. Sowas fällt auf."

„Na dann ist es ja gut, noch etwas?"

„Ja."

„Ja was denn noch?"

„Sind sie verheiratet."

„Ja."

„Wie lange?"

„Lang genug, warum?"

„Bloß so. Ich hab da so ne Theorie."

„Was für eine Theorie?"

„Sie hat einen Doppelnamen, oder?"

„Doppelnamen?"

„Na, ihr Familienname."

„Ja, hat sie."

„Ha, sag ichs ja."

„Komm Herwig, jetzt lass den Herren in Ruhe essen, deins wird ja auch kalt."

„Kalt? Dazu muss es doch vorher warm sein, oder?"

Tonman sah von einer weiteren Befragung ab und widmete sich dem Meeresgetier, das sich dicht auf dem großen Teller drängte. Maliz ließ den Großteil seiner Portion zurück und machte sich auf den Weg in den Spieleraum. Die Automaten waren bis auf einen frei und so setzte er sich um wieder einmal Formel 1 Pilot zu sein. Es lenkte ihn zwar nicht wirklich ab, doch es vertrieb ihm die Zeit. Nach mehreren Runden gingen ihm die Münzen aus und er beschloss, nicht ohne vorher einen Blick auf den Wochenplan der Animation zu werfen, sich erst einmal an die Bar zu setzen. Adam und Eva, stand heute am Programm. Was sich dahinter verbarg, sollte er zu späterer Stunde noch herausfinden, jetzt aber buchte er erst einmal einen doppelten Scotch mit Cola auf seine Zimmernummer. Er unterschrieb den ausgedruckten Beleg und nahm einen großen Schluck direkt aus dem Glas. Den Strohhalm hatte er umgehend entfernt. Der Speisesaal war mittlerweile geschlossen worden und die Kellner füllten die Glasbestände mit frisch gespülten Gläsern wieder auf. Neben ihm öffnete sich die Tür zur Terrasse und Michael Maliz konnte einen Blick auf den Sonnenuntergang werfen, der aber teilweise vom Sicherheitspersonal verdeckt wurde. Es war schon wichtig, dass man kontrollierte, ob jemand in Badebekleidung in den Speisesaal oder zur Bar wollte. Ordnung musste sein, dachte er bei sich und schüttelte den Kopf. Der Mann, der durch die Tür gekommen war, setzte sich auf den Barhocker neben ihm und bestellte einen Gin Tonic. Seine Haare waren nass, er musste wohl gerade geduscht oder noch ein wenig geschwommen sein. Auch er vollzog das Ritual der Unterschriftsetzung und sog danach, an seinem Strohhalm. Die Hälfte des Glasinhalts war umgehend verschwunden. So schnell wie er getrunken hatte, war er aber auch selbst aus dem Blickfeld von Michael Maliz verschwunden. Er musste doch noch geschwommen sein. Jetzt saß er verdattert am Boden und wusste nicht, wie ihm gerade geschehen war. Der Mann hinter der Bar verzog keine Miene, war es doch für ihn nicht das erste Mal, mitzuerleben, dass ein Gast auf unorthodoxe Weise, seinen Sitzplatz verließ. Es war das umgangene Verbot der nassen Kleidung. Die Gäste zogen sich ihre Hosen über die nasse Badekleidung, suchten die Bar auf ein schnelles Getränk auf, setzten sich auf einen Hocker und rutschten dann, ob der mittlerweile auch durchnässten Überhose in die Versenkung. Ein klarer Fall von Aquaplaning, und das bei strahlendem Sonnenschein.

7 – Donnerstag – Live Musik

„Bist jetzt wieder normal?"

„Keine Ahnung."

„Ich war gestern beim Singleabend."

„Fesch."

„Kann man wohl sagen, was Peinlicheres hab ich noch nie erlebt."

„Na dann."

„Alles da, zwischen sechzig und Verwesung."

„Na lass ihnen doch die Freude."

„Ja, eh, aber ich muss nicht unbedingt dabei sein."

„Selber schuld. Ich war gestern am Abend noch am Strand und hab ein paar Fotos gemacht."

„Zeigst mas?"

„Sind auf der Kamera."

Der Haussegen schien also für die nächsten Stunden wieder gesichert zu sein. Das gemeinsame Frühstück hatte zur Folge, dass Ruth Maliz-Korb vorschlug, den Tag außerhalb des Sambitaressorts zu verbringen. Eine Ausfahrt ins Landesinnere, weg von den Touristischen Attraktionen. Am Nebentisch verzehrten gerade, welch Zufall, die Tonmans ihr Frühstück. Sie waren schon beim Obst, nachdem sie ihre Teller mit Speck und anderen Cholesterin fördernden Lebensmittel wie üblich, bis zur Hälfte leer gegessen hatten. Istvan Delic, der Oberkellner, Chef der Bar und Herrscher des Personals in einer Person lief geschäftig zwischen den Tischen umher, kontrollierte das Buffet, ob bis zum Schluss nach wie vor alle Behältnisse zumindest bis zur Hälfte gefüllt waren und begrüßte die Gäste. An Tonmans Tisch blieb er stehen und fragte, in perfektem Deutsch, ob alles ihrer Zufriedenheit entsprach.

„Na klar", entgegnete Herwig Tonman. „Alles bestens. Essen gut und viel, Wetter schön."

Delic verbeugte sich kurz und machte sich wieder an seine Arbeit. In den Morgenstunden schien er immer etwas blasser zu sein. Es mochte an den langen Nächten liegen, in denen er die Gäste, die es noch nicht ins Bett schaffen wollten, mit Alkoholika versorgte und zusätzlich zu den Runden, auf jene er eingeladen wurde, auch schon von der Mittagszeit an, selbst den hochprozentigen Mischgetränken zusprach.

„Du hättest ihm ruhig sagen können, dass das Essen nicht immer warm auf den Tisch kommt, es steht manchmal zu lange."

„Ach bitte, was will der denn dagegen tun, das ist denen doch egal."

„Na weil du dich immer aufregst."

„Ach was, iss fertig, damit wir gehen können."

„Was machen wir heute?"

„Nichts, was willst du hier denn tun?"

„Wir könnten endlich schwimmen gehen."

„Ach geh doch schwimmen."

„Ich weiß nicht."

„Na was jetzt, gerade wolltest du schwimmen gehen, jetzt weißt du nicht, da werde einer aus den Frauen schlau."

Kurz vor Ende des Frühstücks trafen Alex, Peter und Günter ein. Die Nacht war lange gewesen und hatte für jeden einen Punkt bereitgehalten. Auch wenn die Namen der Glücklichen noch nicht Schall und Rauch geworden waren, ihre Qualitäten waren mittlerweile vergessen. Der Kater sah den dreien aus dem Gesicht, lediglich Peter war etwas fitter, der Nachmittagsschlaf vom Vortag hatte ihm wieder etwas Energie für den Abend verschafft.

„Ich schlag vor, wir essen was und verziehen uns dann wieder aufs Zimmer. Ich hab a totale Melone. Ich brauch a Pause. Am Nachmittag geht's weiter."

„Ich werd mich zum Strand legen", entgegnete Peter.

„Ein bissl nachdösen, das reicht mir."

„Du hast ja den ganzen Nachmittag verpennt, gestern."

„Na und, i bin im Urlaub."

Dann wurde schweigend gespeist. Günter und Alex spielten noch eine Partie Billard, bevor sie sich letztendlich auf ihr Zimmer zurückzogen. Peter hingegen, holte lediglich seine Badesachen und begab sich zum Strand. Er breitete sein Badetuch aus und beobachtete, die jungen Damen, die seinem Beuteschema entsprachen, während sie sich körperlich betätigten. Zwischen Zehn und Elf war Wassergymnastik angesagt. Kara Milova und Micael Istock standen am Badesteg und hüpften im Rhythmus der Musik auf und ab. Vor den beiden befanden sich ungefähr zwanzig Urlauber mit goldenen und silbernen Armbädern, die mit Müh und Not versuchten, das Vorgezeigte im Wasser nachzumachen. Alterstechnisch waren hier Großteils die älteren Semester anwesend. Peter schloss seine Augen und versuchte an nichts zu denken, eine Aufgabe, die ihm recht leicht fiel, und er, kurz darauf, in einen unruhigen Schlaf, in dem er immer noch das

Kindergeschrei der Umgebung vernahm, das sich auch noch in seine wirren Träume integrierte.

Von Morgengymnastik hielten Leopoldine Konrad, Karolina Furtmayer, Rosa Peters und Ella Fine gar nichts. Nachdem sie um neun Uhr den Speisesaal schon verlassen hatten, waren sie an die Rezeption gegangen, um eine Fahrt mit dem Boot in den benachbarten Ort zu buchen. Ein kleiner Ausflug, verbunden mit einem Einkaufsbummel und abschließendem Kaffeehausbesuch. Die Backwaren der Region, die Süßigkeiten durften nicht zu kurz kommen. Das angebotene Lunchpaket schlugen sie aus. Sie müssten nicht sparen, war ihre diplomatische Antwort. Die Abfahrt war für halb elf geplant, vorausgesetzt es würden sich noch mindestens zwei weitere Passagiere finden. So warteten die vier Damen geduldig im Foyer des Hotels, bis Manfred und Silvia Bauer mit Tobias und Anna, die Passagierliste ergänzten und dem Abwechslungsprogramm somit nichts mehr im Wege stand.

„Also, runter zum Steg. Es kann losgehen."

„Habs ihr eh nix vergessen?"

„Was denn?"

„Na, Geld und Ausweis."

„Immer dabei, ich lass das doch sowieso nicht am Zimmer, kann man doch niemanden trauen hier."

„A geh, wir haben doch einen Safe."

„Ja sicher, und die Kombination kennen nur wir, das glaubst du doch selbst nicht."

„Aber geh."

„Nix aber geh, liest du keine Zeitung."

„Sicher les ich die Zeitung, ich muss nur nicht alles glauben, was drin steht."

„Glaub was du willst, Rosa, ich glaub, dass wir uns schön langsam in Bewegung setzen sollten, mit euch dauert das ja doppelt so lange."

Karoline Furtmayer, die rüstigste des damenhaften Quartetts übernahm die Führung und hielt den anderen dreien die Tür auf.

„Gemma, meine Damen."

Die Pensionskarawane setzte sich in Bewegung und stolperte den unwegsamen Pfad zum Strand hinunter. Dort wurden sie schon von Miroslav Dajic erwartet. Nachdem er seinen morgendlichen Rundgang hinter sich gebracht hatte, allen Bediensteten ihre Aufgaben für den Tag überbracht hatte, nutzte er seine Kenntnisse in der Schifffahrt, die er sich während des Krieges erworben hatte. Er hatte natürlich kein Kapitänspatent, einen Segelschein oder sonst eine offizielle Berechtigung Passagiere zu transportieren, das wusste hier naturgemäß aber niemand, lediglich die Beamten der Küstenwache und die drückten, nach eingehendem Überredungsobolus gerne das eine oder andere Auge zu. Sollte eines Tages etwas Unvorhergesehenes passieren, sie würden von Nichts gewusst haben, es war eine polizeiliche Routinehandlung, von Nichts zu wissen.

Zur Mittagszeit leerte sich der Strand merkbar. Die meisten Gäste strömten in ihre Bungalows oder Appartements, zogen sich um und machten sich fürs Mittagessen fertig. Die regelmäßige Ausspeisung hatte bei den meisten zur Folge, dass sie nach dem Urlaub mehrere Kilos vorzuweisen hatten. Die etwas weiter geschnittene Urlaubskleidung, ließ die schleichende Veränderung nicht allzu spürbar werden. Daheim, in üblicher Alltagskleidung, kam dann das böse Erwachen. Doch was sollte es, der Herbst stand dann vor der Tür, Weihnachten würde kommen, mit all seinen kulinarischen Verführungen und Pflichten, sodass erst wieder, mit Hilfe von Lifestylemagazinen, Abonnements im nahegelegen Fitnessstudio oder eisigem Verzicht, der Bikinifigur oder aber auch dem Sixpack nachgehungert und trainiert wurde. Das gewünschte Ergebnis erzielen, würden aber die wenigsten und so gab es einen kontinuierlichen Gewichtsanstieg im Laufe der Jahre. Zehn Jahre, zehn Kilo, die mit zunehmendem Alter immer schwerer loszubekommen waren. Solche Sorgen hatte Silvana Blima nicht. Sie saß auf den Stufen ihres Bungalows und las in einem Buch als Daniel Keller, der soeben bei dem kleinen Kiosk Getränke besorgt hatte, an ihr vorüberging. Sie blickte von ihrem Buch auf, überlegte kurz ob sie ihn ansprechen sollte, und sagte dann: „ Hallo!"

Daniel Keller drehte sich um und ärgerte sich kurz, dass er sie nicht selbst gesehen hatte. Nach dem Abend am Strand, musste er immer wieder an sie denken und freute sich, wenn er sie sah.

„Hi, was liest du denn da?"

„Eine Geschichte über eine Irlandreise."

„Und, gut?"

„Ja, recht witzig."

„Worum geht's."

„Ach, dies und das, einer fährt auf Urlaub, wird krank und das ganze Dorf nimmt ihn aus, weil er so eine gute Reiseversicherung hat."

„Aha, hast du jetzt frei?"

„Ja, um eins geht's wieder weiter, Kinderprogramm."

„Da bin ich wohl schon zu alt dafür."

„Kann sein, was hast du gemacht?"

„Ich war im Kiosk, hab Getränke gekauft. Da sitzt übrigens einer am Eingang, gleich unter dem Sambita-Schild."

„Ach der, ja, das ist Petr. Hat immer eine Flasche Bier bei sich, trinkt aber weniger, als man glaubt. Der ist immer da, ich weiß gar nicht wo er wohnt. Er kommt schon in der Früh und bleibt bis spät in die Nacht. Er hilft manchmal mit, wenn was zu tun ist, den Parkplatz ein wenig kehren, solche Dinge eben."

„Was macht ihr denn heute Abend?"

„Wir?"

„Ja, was steht am Programm?"

„Heute Abend ist Livemusik. Eine Band, also zwei sind es, die sind den ganzen Sommer über hier in der Gegend, und einmal pro Woche kommen sie zu Sambita."

„Du hast also frei?"

„Kann man so sagen, warum?"

„Wir könnten uns treffen."

„Hm, könnten wir, ja."

„Heißt das auch ja?"

„Ok. Wo?"

„Na auf unserem Platz, um acht?"

„Ja, warte auf mich, wenn ich nicht pünktlich bin."

„Darauf kannst du dich verlassen."

„Ok, dann bis acht, ich werde noch weiterlesen."

„Wir sehen uns."

Nicht, dass sich Daniel Keller allzu große Hoffnungen machte, aber als Urlaubsflirt mochte er Silvana auch nicht abtun. Jetzt wäre es noch möglich, alles zu vergessen, ohne, dass der Abschied allzu schwer fallen würde, oder war es ohnehin schon zu spät. Am Abend würde er es herausfinden.

Gegen sechzehn Uhr legte das Boot von Miroslav Dajic am Steg wieder an. Er half jeder der vier Damen aus seinem Kutter und hielt dezent seine Hand auf, die aber leer blieb. Manfred und Silvia Bauer waren mit ihren Kindern noch im benachbarten Ort geblieben, sie würden später den Bus nehmen.

„So heiß is es schon wieder."

„Ja, das ist normal da."

„Ich weiß, ich glaub ich geh heute einmal ins Wasser."

„Willst die Leute erschrecken?"

„Das sagst grad du, du schwimmst ja von selber."

„Ja, aber du hast Haut für zwei, du kannst dir die Füße mit deine Knie zudecken."

„Freundlich, freundlich, meine Lieben. Gehen wir erst einmal aufs Zimmer, ich mag meine Blusen probieren."

„Ja, ist eh besser, wenn du das am Zimmer machst, sonst gibt's hier eine Massenerblindung."

„Das sagst grad du, mit deine Rehhäudln."

„Ja, aber die waren mal stramm."

„Sicher, und dann is der Hitler einmarschiert."

„Dem hättens auch gfalln."

„Na ich weiß ned, der war zu beschäftigt, der hat sicher ka Zeit ghabt für solche Sachen."

„Womit war der beschäftigt?"

„Mit sich selbst."

„Kann ich mich nicht mehr erinnern."

„Ist doch jetzt eh egal, gemma endlich weiter, wir stehen da, wie bestellt und ned abgholt."

Der Aufstieg war beschwerlicher als der vorangegangene Abstieg. Mit Müh und Not schafften es die vier dennoch auf ihr Zimmer. Karolina Furtmayer ließ sich aufs Bett fallen, Rosa Peters setzte sich auf den Balkon und Ella Fein entkleidete sich vor dem Spiegel. Sie hatte sich vier leichte Sommerblusen und zwei Kleider gegönnt. Wenn man schon einmal hier war, konnte man es auch nutzen. Leopoldine suchte derweilen die Toilette auf; Den beiden Eiskaffee war nun lange genug die Ausreise verwehrt geblieben.

Kurz nach dem Abendessen wurde wieder die kleine Bühne auf der Terrasse aktiviert. Helena und Marco Adzic, die als The Blue Stars auftraten, hatten ihre Instrumente bereits aufgebaut und checkten den Sound. Später sollte davon nichts bemerkt werden. Sie hatten am Nachmittag schon einen Auftritt in einem Restaurant hinter sich gebracht und waren in dementsprechender Stimmung. Etwas betrunken und müde. Das Showbusiness war aber ein hartes Geschäft und so musste man auch diesen Abend in gewohnter Qualität hinter sich bringen. Sie waren Profi genug um das zu wissen und die, ohnehin geringen, Erwartungen zu erfüllen, war keine große Anstrengung für die beiden. Marco aktivierte den vorprogrammierten Backingtrack auf seinem Keyboard und schlug dazu seine weiße Gitarre. Helena erhob ihre Stimme und schon war die Party am Laufen. Pärchen, von vierzig aufwärts drehten sich tanzend im Kreis, ältere Semester schunkelten und der eine oder andere Gast versuchte mitzusingen, obwohl er oder sie offenkundig den Text überhaupt nicht kannte.

Am Steg saß seit zehn vor Acht Daniel Keller und wartete. Er blickte aufs Meer hinaus. Der Sonnenuntergang war, wie die letzten Tage auch schon, wie aus dem Urlaubskatalog. Irgendwoher mussten diese Bilder ja kommen. Dass man alleine am weißen Strand liegen würde, klar, das war ein Werbegag, dass hier die schönsten Frauen neben einem am Badetuch in der Sonne lagen, das war einerseits Geschmacks- und andrerseits Glückssache, doch den Sonnenuntergang gab es wirklich. Von der Hotelterrasse aus, wehte ein leichter Wind, die akustischen Ergüsse der Blue Stars herüber, dann kam Silvana, pünktlich um acht. Sie hatte Daniel nicht warten lassen wollen, sie war sich nicht sicher gewesen, ob er schon auf sie warten würde. Zu früh wollte sie aber auch nicht kommen, er sollte nicht gleich bemerken, dass sie sich auf das Treffen den ganzen Tag über gefreut hatte. Bei ihrem Gespräch hatte sie sich noch zurück halten können, als er dann weg war, tat sie nichts mehr, als an ihn zu denken. Sie hatte sich zwar vorgenommen, sich niemals in einen Gast zu verlieben, doch wenn es geschehen war, was konnte sie dagegen tun? In diesem Fall küsste sie Daniel zur Begrüßung zart auf die Wange, und setzte sich dann neben ihn auf den Steg.

8 – Freitag – Feuershow

„Wo warst du gestern so lange, du bist erst nach Mitternacht zurückgekommen."

„Ich war draußen."

„Das habe ich bemerkt."

„Was soll die Fragerei?"

„Du warst mit diesem Milchgesicht am Steg."

„Was geht dich das an?"

„Anscheinend nichts mehr."

„Wann soll dich das etwas angegangen sein?"

„Na ich dachte da war mal was?"

„Da war Nichts, und das weißt du."

„Das habe ich anders in Erinnerung."

„Lass mich jetzt in Ruhe."

Die Situation im Animationshauptquartier war etwas angespannt. Slobo Kosturica hatte die meiste Zeit des gestrigen Abends damit verbracht auf Silvana Blima zu warten. Als sie um zehn Uhr noch nicht da gewesen war, hatte er sich auf die Suche gemacht und mit neidischen Augen die Szenerie am Badesteg beobachtet. Kurz vor elf war er wieder zurückgekehrt und hatte im Dunkel auf Silvana gewartet. So hatte er, ein glücklicher Zufall, die weitere Übereinkunft der Beiden nicht mitverfolgen müssen. Als Silvana dann in den Bungalow gekommen war, fühlte er eine solche Wut in sich aufsteigen, dass er nicht fähig war, auch nur ein Wort herauszubringen. Der Tag würde ohnehin seine Überraschungen bereithalten. Kosturica und Blima würden heute Nachmittag die Schatzsuche für die Kinder organisieren. Die Woche neigte sich dem Ende zu und das Programm war nun schon fast einmal durchgespielt worden. Es hatte bisher keinerlei Probleme gegeben und so mussten auch keine Änderungen vorgenommen. Die meisten Gäste kannten sich mittlerweile alle schon vom Sehen und manche auch etwas besser. Für einige würde der Urlaub am nächsten Tag enden, manche würden eine weitere, oder gar mehrere Wochen hier verbringen, aber alle würden diesen Freitag der Feuershow beiwohnen. Gut, nicht alle, aber zumindest die meisten. Jetzt aber wurde noch kein Gedanken an eine Heimreise verschwendet, das geriatrische Quartett spielte Karten, Konrad saß mit Elise und Mareike vor ihrem Bungalow und Herwig und Ulrike Tonman lösten, jeder für sich, Kreuzworträtsel in der Bild-Zeitung.

Michael Maliz saß auf der Terrasse des Restaurants, die zurzeit nicht gerade stark frequentiert war und rauchte eine Cohiba Siglo. Miroslav Delic unterhielt sich mit dem Badekleidungsbeamten vor dem Eingang, als ihn feine Spuren des angenehmen Rauchs ablenkten. Er drehte sich um und erblickte Michael Maliz wie er gerade an seiner Zigarre zog. Delic schmunzelte und ging zu ihm hin.

„Wissen sie, ich hasse Zigarrenrauch.“

„Da kann man nichts machen."

„Aber eine Kubanerin, die darf hier immer glühen."

„Na dann."

„Das bringt Urlaubsflair nach Sambita."

„Ich dachte, hier findet der Urlaub statt."

„Ja, natürlich. Aber Urlaub so wie ich ihn mir vorstelle."

„Das ist aber nicht gerade Werbung für hier."

„Ich mache hier ja auch keinen Urlaub, ich bin zum Arbeiten da. Mein Urlaub beginnt, wenn der letzte Gast abgefahren ist."

„Na sehr fein."

Delic entfernte sich wieder. Ein wenig zu kriecherisch, wie Maliz befand. Dann zog er wieder an seiner Siglo und ließ seinen Blick übers Meer schweifen. So ließ er es sich gefallen.

„Ich hab mir gleich gedacht, dass du das bist."

Susanne Keller stand im tropfenden Bikini vor Maliz. Mit ihren sechsunddreißig Jahren konnte sie am Strand immer noch mithalten.

„Wieso?"

„Du warst immer schon anders."

„Das stimmt. War nicht immer einfach."

„Das nicht, aber langfristig zahlt es sich aus."

„Das hast du nie probiert."

„Es war eine andere Zeit. Wir waren jung, wir hatten keine Ahnung."

„Ja, eine andere Zeit. Und was hat sich geändert seitdem?"

„Vieles."

„Du bist verheiratet."

„Ja, du aber auch."

„Ghört sich so, oder?"

„Wahrscheinlich. Darf ich mich setzen?"

„Sicher, wenn dein Mann nichts dagegen hat. Wo ist er denn?"

„Ich weiß nicht, er hat gemeint, er muss da mal raus, er ist mit dem Bus irgendwo hin."

„Aha, gute Ehe?"

„Manchmal."

„Kann ned immer gut sein."

„Kannst du dich bemühen normal mit mir zu sprechen."

„Mach ich doch."

„Naja."

„Ich hab dich in Ruhe gelassen, so wie du es wolltest."

„Ja, ich dich aber auch."

„Vielleicht hätte ich das aber wollen."

„Ich meine geldmäßig."

„Als ob das alles wäre."

„Du weißt, dass das nicht funktioniert hätte."

„Wir habens nie ausprobiert."

„Ist jetzt auch egal."

„Es ist nie zu spät. Ich bin immer noch eine gute Partie."

„Das glaub ich dir."

„Weiß er etwas?"

„Wer?"

„Der Georg."

„Nein, zumindest glaube ich das."

„Ok. Und wirst dus dem Daniel einmal sagen?"

„Ich weiß nicht."

„Sollte er es nicht einmal erfahren?"

„Du weißt was wir damals ausgemacht haben?"

„Ja, aber damals waren wir jung und hatten keine Ahnung, deine Worte."

„Es ist vielleicht schon zu spät dafür."

„Wie du meinst."

„Weißt du, das war ein Zufall, dass wir uns hier treffen, sonst denken wir doch auch daran zurück."

„Du nicht?"

„Nein, nicht immer."

„Weißt du, ich werde jetzt wieder gehen. Morgen fahren wir ohnehin wieder zurück, dann bin ich wieder aus deiner Welt und bring dich nicht aus dem Konzept."

„Du warst immer schon ein Arsch."

„Ja, aber ehrlich, und du weißt, dass ich meistens recht behielt."

Michael Maliz nahm seine Zigarre in die Hand, verstaute Feuerzeug und Cutter in seiner Hemdtasche und sah Susanne Keller noch einmal an. Er würde sofort mit ihr mitkommen. Dann drehte er sich um und ging Richtung Strand. Die Mutter seines Sohnes blieb noch eine Weile in der Sonne sitzen und bemerkte gar nicht, wie zwischenzeitlich ihr Badezeug trocken wurde. Sie war mit ihren Gedanken weit weg und ließ für kurze Zeit alles möglich sein. Dann schüttelte sie den Kopf und versuchte sich wieder ins Hier und Jetzt zurückzuholen. Von Zeit zu Zeit gelang es ihr auch.

Die Terrasse des Restaurants war ohne Zweifel überfüllt. Die Urlaubsgäste drängten sich, jede und jeder wollte eine gute Sicht auf den Artisten, der gerade eine Fontäne Spiritus aus seinem Mund herausschießen ließ, die sich umgehend zu einem riesigen Feuerball entzündete. Die Menge klatschte begeistert, einige johlten und doch kehrte umgehend Stille ein, als der Künstler zu seinem nächsten Stück ansetzte. Er tauchte seine beiden Pois in Spiritus und begann, sie an ihren Ketten langsam kreisen zu lassen, bis sie so schnell waren, dass nur noch zwei leuchtende Feuerkreise sichtbar waren. Die Show stellte den Abschluss der Woche dar und war gleichzeitig auch das Highlight des Unterhaltungsprogramms bei Sambita. Alt und Jung war seit eh und jäh begeistert davon, die Kinder der Familie Bauer standen etwas links vom Geschehen, Herwig Tonman musste zum ersten Mal seit seiner Ankunft zugeben, dass ihm hier etwas zusagte und selbst die Angestellten von Sambita vergaßen für kurze Zeit, dass sie hier eigentlich in manchen Fällen die Prügelknaben der völlig dekadenten Gästeschar darstellten.

Auch Silvana Blima und Daniel Keller folgten dem Geschehen. Sie standen eng beieinander und hielten Händchen. Kurz bevor das Programm sich dem Finale entgegen streckte, verließen sie den Ort des Geschehens und zogen sich im Bungalow der Familie Keller zurück.

„Ich möchte nicht, dass du morgen fährst."

„Ich möchte auch noch bleiben, obwohl es mir eigentlich gleich ist, ob ich hier bin, die Hauptsache ist, du bist da."

„Ach, dann bleib doch noch."

„Es geht nicht, wir fahren morgen und es wäre zu teuer, dass ich mir hier ein Zimmer nehme."

„Es ist ohnehin alles ausgebucht. Vielleicht fällt jemand aus." Silvanas Augen leuchteten kurz auf.

„Keine Chance, meine Eltern lassen mich nicht."

„Aber jetzt bist du da."

„Ja, jetzt sind wir beide hier."

Eine gute Stunde später kamen Susanne und Georg Keller, nach einem Spaziergang am Strand, auch in den Bungalow. Daniel steckte seinen Kopf bei seiner Zimmertür heraus und sagte nur: „Ach, ihr seid es."

„Wer sonst?"

„Na, eh."

„Der Mond kommt raus, schaut gut aus, macht doch auch noch einen Spaziergang."

„Wer, was, ihr wisst?"

„Wir wissen gar nichts, gute Nacht."

Kurz darauf saßen Silvana und Daniel am Strand. Es war etwas kühler geworden, aber immer noch angenehm.

„Werd ich dich je wieder sehen?"

„Aber sicher. In den nächsten Ferien komme ich zu dir."

„In einem Jahr?"

„Dummchen, Herbstferien, die sind im Oktober."

„Drei Monate."

„Ja, drei Monate, aber wenn du wartest auf mich, dann werden wir uns sehen."

„Klar warte ich auf dich. Ich versprechs dir."

„Dann werden wir uns sicher wieder sehen. Jetzt bleibst du eben noch hier und verdienst dir etwas."

„Ja, eigentlich möchte ich nicht hier bleiben."

„Ach was, das stehst du schon durch. Die Zeit vergeht doch von selbst."

„Das meine ich nicht."

„Ja was dann?"

„Kurz nachdem ihr gekommen seid, da ist etwas geschehen. Wir waren ja zu viert, als wir hergekommen sind."

„Wer, die Animation?"

„Ja."

„Aber ihr seid immer noch zu viert."

„Ja, aber Kara ist statt Ilona gekommen."

„Weiß ich nicht. Ich hab nur dich gesehen."

„Ilona ist tot."

„Warum?"

„Man hat uns nicht viel gesagt, es muss am Strand geschehen sein. Aber wir dürfen darüber nicht sprechen, es ist schlecht fürs Geschäft."

„Das kann ich mir vorstellen."

„Verstehst du jetzt, ich möchte hier nicht bleiben."

„Dann geh doch."

„Das geht nicht, ich muss bis zum Ende des Monats bleiben und ich brauche das Geld, du weißt."

„Ja, du schaffst das schon."

„Ich glaube auch, aber ich habe Angst."

„Wovor?"

„Ich weiß nicht."

„Hast du einen Verdacht?"

„Nein, ja. Es kann doch jeder gewesen sein. Irgendeiner der Gäste, sie war gerne mit Männern zusammen. Vielleicht einer von uns…"

„Von euch?"

„Ja, Slobo ist wahnsinnig eifersüchtig."

„Aber wieso?"

„Ach, er fühlt sich einfach benachteiligt. Und Micael hatte etwas mit ihr, als wir hier ankamen."

„Ach, ich dachte das läuft immer so ab in solchen Clubs."

„Ja, so ist es schon oftmals. Egal. Ich werde dich vermissen."

„Ich dich auch, aber vermiss mich nicht schon jetzt, ich bin noch da, wir haben noch die ganze Nacht."

„Aber wir haben doch-„

„Wir haben noch die ganze Nacht."

9 – Samstag – Tombola

Ein Wagen brauste mit halsbrecherischer Geschwindigkeit die Küstenstraße entlang. In den Kurven schlingerte er, verlor Profil auf dem heißen Asphalt, um gleich darauf wieder, die kurze Gerade auszunutzen und das Gaspedal bis zum Anschlag durchzutreten. Links Felsen, rechts das Meer, doch erst einmal der Abgrund. Einige hundert Meter dahinter, versuchte ein Gefährt der örtlichen Polizei verzweifelt, den mittlerweile immer größer gewordenen Abstand zwischen den beiden Autos, zu verringern. Ein schier unmögliches

Unterfangen. Es schien, als ob der Raser seiner gerechten Strafe entkommen würde. Doch als die beiden Beamten in der nächsten Ortschaft ihr Tempo drosselten, sahen sie den roten Audi vor einer Tankstelle stehen. Vom Fahrer selbst fehlte jede Spur. Einer der beiden Beamten blieb sitzen, während der andere, der rangniedrigere, den Wagen verließ, und sich auf die Suche nach dem Fahrzeughalter machte.

Herwig Tonman verließ erleichtert die gewöhnungsbedürftige Toilette. Zum Glück war noch etwas Papier auf der Rolle gewesen, purer Luxus, wie er wusste. Er dankte seinem Herren und wollte die Tür des Wagens öffnen, da spürte er eine Last auf seiner linken Schulter. Tonman drehte sich um und erblickte den lokalen Ordnungshüter.

„Ja, was ist denn?"

„Sie sind zu schnell gefahren."

„Ach was, das war ein Notfall, und zu schnell war es nicht, gerade noch richtig."

„Ja, aber sie haben die Höchstgeschwindigkeit überschritten."

„Das hab ich selbst gemerkt, alles im Nu erledigt gehabt. Es hat raus müssen."

„Wie bitte?"

„Na auf dem Scheißhaus, ach was, sie verstehen mich ja doch nicht."

„Doch, ich verstehe sie, sie waren zu schnell unterwegs."

„Nein, es war nicht zu schnell."

„Doch."

„Ja, gut. Entschuldigung, jetzt steh ich da und sie halten mich auf. Das gleicht sich also wieder aus, im Durschnitt oder so."

„Haben sie Alkohol getrunken?"

„Nein, heute noch nicht. Ich setz mich ja nicht mit einer Fahne bei euch hinters Steuer, ich spinn doch nicht."

„Verweigern sie einen Alkoholtest?"

„Ich verweigere gar nichts, ich rede ja sogar mit ihnen."

„Dann machen wir jetzt einen."

„Was, sie auch?"

„Nein, nur sie."

„Na dann, bitte, aber Beeilung, ich bin auf Urlaub."

Mittlerweile hatte sich auch der Ranghöhere aus dem Gefährt befreien können und kam zu seinem Kollegen. Sein erstes Wort war: „ Deutscher?"

„Nein, Tonman, aber ja, aus Mainz, wie es singt und lacht."

„Wir machen einen Alkotest."

Der nicht nur ranghöhere, sondern auch ältere Beamte, nahm seinen Kollegen kurz zur Seite. Sie wechselten einige Worte, woraufhin der jüngere mit den Schultern zuckte.

„Was ist los mit euch beiden, kann ich endlich wieder weg."

„Können sie uns ihre Papiere bitte zeigen."

„Mein Gott, was wollt ihr denn noch."

„Ihre Papiere bitte, Reisepass, Führerschein. Fahrzeugpapiere."

Tonman holte die verlangten Dokumente aus dem Handschuhfach und übergab sie dem Beamten.

„Was ist jetzt mit dem Alkoholtest?"

„Wir werden keinen benötigen, sie wirken nicht alkoholisiert, eher erregt."

„Erregt? Seit Jahren schon nicht mehr, sie kennen meine Frau nicht. Also was ist jetzt?"

„Sie sind zu schnell gefahren."

„Ja, da waren wir schon."

„Ist ihnen klar, dass sie damit andere Menschen gefährden. Hier sind überall Badegäste unterwegs."

„Ich fahr vorsichtig."

„Sie werden eine Strafe bekommen."

„Ja, geben sie her, ich zahle es dann ein."

„Nein, sie müssen gleich bezahlen, sonst müssen wir den Wagen beschlagnahmen."

„Wie bitte?"

„Wie viel Geld führen sie bei sich?"

„Keine Ahnung, vierzig oder fünfzig Euro."

„Dann sehen sie mal nach."

Tonman öffnete seine Brieftasche und holte einen zwanziger und zwei Zehner hervor.

„Ist das alles?"

„Ja, könnens ja selbst schaun."

Er zeigte die aufgeklappte Geldtasche, die gähnende Leere vermittelte; die beiden Einhunderteuroscheine in seiner Hosentasche erwähnte er nicht, ein As im Ärmel konnte nie schaden.

„Gut, dann bezahlen sie bitte vierzig Euro für ihre Raserei."

Der ältere Polizist griff sich flink die Scheine und beide machten sich auf den Weg zu ihrem Dienstfahrzeug.

„Und ne Quittung, wie wärs damit."

„Heute nicht, ist so billiger."

Herwig Tonman blieb verdutzt zurück. Land und Leute, immer wieder interessant.

*

„Wo bitte warst du?"

„Was heißt, wo war ich? Das weißt du doch. Ich wollt hier raus. Ich wollt was essen."

„Ach, du mit deinem Essen. Gibt doch hier eh lecker Buffet."

„Jaja, lecker Buffet. Ich wollte was essen, nicht mich vollstopfen"

„Ach du nörgelst schon wieder nur rum."

„Ach lass mich."

„Und, wo warst du?"

„Ich war in nem Fischrestaurant."

„Fein, die haben die ja hier gleich vor der Nase."

„Was?"

„Die Fische."

„Ach so."

„Und, war gut?"

„Kann ich nicht behaupten."

„Wieso, was hast du dir denn bestellt?"

„Ne Fischplatte, hab ich doch gesagt."

„Ja aber was war denn daran falsch?"

„Keine Ahnung, hab nen Strafzettel bekommen."

„Wegen der Fischplatte."

„Vielleicht, ich glaube aber eher wegen dem Frühstücksbuffet hier. Die Eier waren sicher schon älter als du."

„Heute kannst du es aber wieder."

„Du hast einfach einen Saumagen, das ist alles."

„Was war mit dem Strafzettel, du hast doch nicht wieder Bier getrunken und bist gefahren?"

„Siehst du, Saumagen, ich hab ja recht. Zum Fisch, da trinkst du kein Bier, da trinkst du Wein. Und nicht, dass du mich gleich wieder fragst. Ich hab keinen Wein getrunken."

„Ja aber was war denn dann?"

„Ich hab mich fast angeschissen."

„Was?"

„Ich zahl und geh, setz mich ins Auto und fahr los. Plötzlich lass ich einen fahren und denk mir, das war einer zu viel. Und dann krieg ich nen Krampf und will nur noch aufs Scheißhaus. War aber keines da. Links und rechts von der Straße kein Platz, also wohin? In den nächsten Ort, muss ja was kommen, ein Lokal, eine Tankstelle, Rastplatz, was weiß ich. Und dann endlich, ein Scheißhaus. Ich rein, und das im letzten Moment, das letzte Papier und alles ist wieder gut. Was raus will muss raus."

„Aber der Strafzettel?"

„Ach warte doch mal, lass mich doch mal erzählen; ich raus, geh zum Auto, stehen dort zwei Dorfpolizisten. Sie sagen, zu schnell gefahren, ich erklär warum."

„Mein Gott, haben die hier kein Verständnis."

„Ne, was denkst du, es ist Hochsaison, die müssen selbst sehen wo sie bleiben. Auf jeden Fall hat mich dieser Scheißhaufen vierzig Euro gekostet."

„Mein Gott."

„Ach was, Schnee von gestern. Oder eben Scheiße von heute, egal. Was steht heute Abend am Programm?"

„Heute ist Tombola."

„Tombola? Mensch, die haben hier Ideen, was kann man denn dort gewinnen?"

„Ja, keine Ahnung, wir werden schon sehen."

„Das befürchte ich auch. Na egal, gehen wir mal rüber, ich hab jetzt Lust auf Wasserbier."

Herwig und Ulrike Tonman gingen den Kiesweg zum Speisesaal hinan. Bei jedem Schritt knirschte der Kies unter ihren Sommerschuhen. Es war kurz vor vier Uhr und nur wenige Gäste waren hier um ihren Nachmittagskaffee, per Knopfdruck aus dem Automaten, einzunehmen. Tonman schnappte sich ein Glas, es war warm wie erwartet, und zapfte sich, mit geübter Hand ein Kronsteiner verlängert. Dass die Gläser frisch aus dem Geschirrspüler kamen, hatte er mittlerweile akzeptiert, dass sich sein, eigentlich kühles Getränk in dem warmen Glas aber temperierte, daran nicht. Und er würde sich auch nicht daran gewöhnen, müsste er den Rest seines Lebens hier verbringen. Zu seinem Glück hatte er seine Nick Knatterton-Bücher dabei, die lenkten ihn ein wenig vom Urlaub ab.

10 – Sonntag

„Geh bitte, jetzt schau dir die an, die steht mindestens a Stunde beim Zapfhahn."

„Ja, lass sie doch."

„Na, weil die kann des ned."

„Aber geh."

„Nein, ich habs ihr schon einmal gezeigt, die kapiert des ned. Die hält das Glasl aufrecht und im nu hats nur

Schaum. Und dann warts bis der weggeht. Die hält den gesamten Betrieb auf."

„Du hast Sorgen."

„Na, hab i ned. Aber so a Bledheit versteh ich nicht."

Das Wiener Ehepaar war am Vortag angekommen. Der etwas korpulente Herr saß mit seiner Teilzeitpartnerin im Speisesaal und sah sich um.

„Und schau dir das an, lauter Tschuschen das Personal."

„Geh bitte, kannst du leiser reden?"

„Wozu? Versteht dich do eh niemand da. Wennst was willst, schauen dich alle mit großen Augen an und rauschen wieder ab."

„Woher willst denn das wissen, wir sind doch erst gestern angekommen."

„Ach was, das ist doch immer so."

„Hör auf und trink dein Bier."

„Ja, wenns ned so gschissen schmecken würd."

Vom Nebentisch beugte sich Ella Fein herüber und sagte mit ruhiger Stimme: „Mein Lieber Herr, ihre Ausdrucksweise ist eine Schande für alle ihre Sprachgenossen. Sie könnten sich ein wenig zügeln, andere Menschen verbringen ihren Urlaub hier, sie wollten wohl eher in eine Therapie."

„Geh bitte, lassens mich, wenn ich etwas wie sie sehen möchte, dann gehe ich ins Museum."

„Das wäre auch der richtige Ort für sie, ihr Benehmen ist so verstaubt wie ihre Ausdrucksweise."

„Franz, jetzt hör schon auf, du siehst doch, dass du hier schon auffällst."

„Natürlich fall ich auf, ich bin ja auch der einzig normale Mensch unter diesen ganzen Wahnsinnigen hier. Wieso sind wir eigentlich da?"

„Du hast gebucht."

„Ich hab gebucht, ja, weil du wollen hast. Komm, lass uns gehen, wir essen woanders."

„Aber das Essen gibt es immer hier."

„Ha, das werden wir noch sehen. Komm, wir essen auf dem Zimmer."

„Ach jetzt bleib doch da, ist doch gut hier."

„Das sieht dir wieder ähnlich mir in den Rücken zu fallen. Ich sagte komm, wir gehen."

Tamara Sedlazek blickte verstohlen um sich, sie wollte sicher gehen, dass die Szene die ihr Lebensgefährte hier machte nicht allzu sehr auffiel. Dann warf sie einen entschuldigenden Blick in Richtung Ella Fine und trabte ihrem Franz ergeben nach.

„Seht ihr, deswegen nie wieder."

„Was, nie wieder?"

„Nie wieder ein Walross im Schlafzimmer, nie wieder einen Affen an meiner Seite."

„Aha", sagte Karolina Furtmayer.

„Ja, aber ein Stier im Schlafzimmer wäre doch nicht von der Bettkannte zu stoßen, oder?"

„Rosa, in deinem Alter, wie soll das noch enden?"

„Keine Ahnung, aber ein Stier wäre in Ordnung."

„Die Stiere sind stur."

„Ich auch."

Der Rest des Quartetts sah sich an bis alle in prustendes Gelächter ausbrachen.

Leopoldine Konrad fing sich als erste. „Was steht denn heute am Programm?"

„Was meinst du, am Abend?"

„Ja, zum Bleistift."

„Heute ist Sonntag, da ist gar nix."

„Wieso, dachte tägliche Animation."

„Zur täglichen Animation brauchst einen Fernstecher."

„Na vielleicht borgt mir die Rosa ja ihren."

„Eher nicht, den brauch ich selber. Und Fernstecher ist auch nix. Ich hab mal so eine Fernbeziehung geführt, da weißt du nie was der andere grad treibt."

„Oder mit wem."

„Ja, genau."

„Ach Mädels, was ich nicht weiß, macht mich nicht heiß."

„Nana, so einfach ist das nicht, man macht sich ja Gedanken."

„Ja, ich denk jetzt einmal an einen kurzen Mittagsschlaf."

Mit diesen Worten erhob sich Ella Fein von ihrem Platz und verließ die ihr nachblickende Runde. Zur selben Zeit saß Micael Istock mit Kara Milova vor dem Bungalow um die Zeit tot zu schlagen.

„Du bist in den letzten Tagen so abwesend."

„Ich?"

„Siehst du noch jemanden?"

„Ach, es ist nicht so, wie ich es mir vorgestellt hatte."

„Was stört dich?"

„Alles, einfach alles."

„Das ist eine typische Antwort. Eine Antwort die man gibt, wenn man keine geben möchte."

„Vielleicht möchte ich ja keine geben."

„Ok, dann lass ich dich. Aber glaube nicht, dass du einfach mit mir ins Bett steigen kannst, um dann so zu tun, als wäre ich niemand. Ich liebe dich nicht, aber ich bin auch nicht niemand. Ok?"

„Ja, klar."

„Wieder so eine typische Antwort. Ich geh jetzt mal und such die anderen beiden."

„Ja, mach das. Heute Nachmittag ist Tennis, aber das ist auch schon das einzige."

Kara Milova machte sich auf den Weg zum Hauptgebäude. Ilona Cuko und Slobo Kosturica hatten in den letzten Tagen offensichtlich versucht, so viel Zeit wie möglich weit entfernt voneinander zu verbringen. Es war nicht ihr Problem. Sie wusste genau was sie wollte, diese Saison gut hinter sich bringen, dann war ein für alle Mal Schluss mit diesem Schwachsinn, den Clown für Betrunkene zu geben, die Vorlage für einsame Nächte am Hotelzimmer zu sein und jeden Tag freundlich zu lächeln, auch bei den Witzen die unter jeglicher Gürtellinie zu liegen schienen. Kara Milova erblickte

Ilona Cuko unter einer Pinie sitzend in einem Buch lesend.

„Hey."

„Hey."

„Wir machen heute Tennis, oder?"

„Ja, aber jetzt noch nicht."

„Nein, später, ich weiß."

„Ok."

„Kann ich dich etwas fragen?"

„Kommt darauf an."

„Warum bist so drauf?"

„Wie?"

„Ach du weißt schon, was ist los mit dir?"

„Nichts."

„Ha, das kannst du jemandem anderen erzählen. Liebeskummer?"

„Vielleicht."

„Slobo?"

„Was? Du spinnst!"

„Wieso, der steht doch total auf dich."

„Du verwechselst da etwas."

„Und was genau?"

„Wir hatten etwas miteinander, ja, aber mehr war da nicht, und ich hab ihm klar gemacht, dass ich nichts von ihm will. Aber er kapierts einfach nicht."

„Und warum hast du dann mit ihm gepennt?"

„Keine Ahnung, es war meine erste Nacht hier, ich dachte das gehört dazu."

„Das gehört dazu, doch, muss aber nicht sein."

„Egal, lass mich jetzt, ich komm dann ohnehin."

„Ok, aber wenn du reden willst-„

„Ja, danke, ich überlegs mir."

11 – Montag – Karaoke

Tobias und Anna spielten Airhockey während Manfred und Silvia Bauer an einem der aufgereihten Tische in der Vormittagssonne Kaffee tranken.

„Gehen wir heute zum Karaoke?"

„Geh bitte, du kannst doch gar ned singen."

„Das kann beim Karaoke niemand."

„Ja, drum will ich ja nicht hin. Und was sollen wir mit den Kindern machen?"

„Die schicken wir ins Bett."

„Du weißt, dass das nicht geht. Die bleiben munter, die haben einen sechsten Sinn."

„Ach was, wir unternehmen heute einfach was, dann fallen die ohnehin todmüde ins Bett."

„Du weißt, dass so etwas noch nie funktioniert hat."

„Aber jetzt sind wir auf Urlaub, das ist etwas anderes."

„Ja klar, da schnarchst du schon um neun."

„Nein, lass uns das machen. Heute Abend, Karaoke."

Silvia Bauer nahm den letzten Schluck aus ihrer Tasse und stand dann auf.

„Wie du meinst, ich geh jetzt erst einmal ins Wasser."

Manfred Bauer blieb sitzen und beobachtete durchs Glas seine beiden Kinder, wie sie mit kindlichem Elan, den Puck über die Spielfläche gleiten ließen. Es war ein herrlicher Tag. Das dachte sich auch Alexis Kanazakis. Er stand am Bootssteg und sprang von dort aus ins Meer. Sein durchtrainierter Körper, braungebrannt, tauchte tief ins Wasser und erregte umgehend Aufsehen bei den weiblichen Badegästen. Damit rechnete er. Das beabsichtigte er. Er war nicht umsonst hier. Sein Armband war silbern, das bedeutete, dass er Frühstück und Abendessen im Speisesaal einnehmen durfte, mehr brauchte er ohnehin nicht. Er hatte nie ein überladenes Teller, er hing nicht den ganzen Tag über am Bierzapfhahn, wie so manch anderer hier und er ließ sich auch nicht auf irgendwelche Animationsbelanglosigkeiten ein. Er war hier wegen des Strandes, wegen des Meeres und wegen der weiblichen Gäste. Ob verheiratet, in Beziehungen oder Single war ihm gleich. Diese drei Wochen genoss er mit Stil und Anstand, oder besser gesagt, mit hormonellem Hochstand. Danach würde er wieder in der Kanzlei seines Vaters Belege ordnen und Rechnungen schreiben. Alexis Kanazakis hatte griechisches Blut in seinen Adern, seine Familie aber, lebte schon seit Generationen in Dubrovnik und besaß dort eine Reederei. Der Sohn musste natürlich ins Geschäft einsteigen und durfte sich derzeit hocharbeiten und mit der Geschäftsstruktur vertraut machen. Das bedeutete, dass er in allen Bereichen mitzuarbeiten hatte, nicht nur Juniorchef spielen, das hatte sein Vater bestimmt. Ein Patriarch wie er im Buche stand. Nun aber stand Kanazakis wieder am Strand und hielt aus dem Augenwinkel Ausschau, ob er, ob seines Körpers und seiner Show die er gerade dabei war abzuziehen auch beachtet wurde, und vor allem von wem. Jetzt stolzierte er durch den heißen Sand, das Wasser tropfte von seinem Kinn und er bewegte sich graziös, sodass seine knapp bemessen Badehose alles zur Schau stellte, was er nicht zu verbergen hatte. Er würde sich erst einmal an der Strandbar ein Cola light holen um dann, mit schweifendem Blick einen der Liegestühle zu besetzen und abzuwarten. Er wusste, dass er nicht den ersten Schritt tun musste, nur wenn er tatsächlich interessiert war und die Angebetete umworben werden wollte. Ansonsten war es ein leichtes Spiel für ihn. Seine animalische Ausstrahlung und sein durchtrainierter Körper taten den Großteil der Anstrengung selbst.

Zur selben Zeit besuchte Miroslav Dajic die Küche. Er traf dort auf Istvan Delic und sie unterhielten sich kurz über die polizeilichen Ermittlungen im Fall Ilona Cuko. Die Polizei hatte bisher herausfinden können, dass Cuko mittels eines stumpfen Gegenstands erschlagen worden sein musste. Sie hatte kurz vor ihrem Tod Geschlechtsverkehr gehabt und das mehrmals. Die Samenspuren stammten von verschiedenen Männern, von einer DNA-Analyse wurde aber abgesehen. Dajic lachte: „ Jaja, das hat man ihr gleich angesehen. Ich bin seit Jahren hier, du kennst diese Sorte Mädchen, mal leben, mal irre sein. Naja, alles voll in Ordnung, manche schaffen nur nicht den Sprung ins richtige Leben. Aber egal, schenkst du mir noch einen ein?"

Die Frage war eher als Aufforderung, denn als Bitte zu verstehen gewesen. Delic entkorkte die Flasche und füllte das Schnapsglas bis zum Rand.

„Ich versteh nur nicht, warum ihr jemand eine übergezogen hat. Warum?"

„Keine Ahnung, vielleicht hat er nicht dürfen?"

„Eifersucht, jaja, da muss man drüber stehen, sehr schwer. Das schaffen die wenigsten."

„Als würdest du so etwas kennen."

„Eifersucht? Kenn ich nur zu gut; leider."

„Wieso?"

„Ach was, die alten Geschichten aufwärmen, wieso."

„Erzähl."

„Na gut, ich war ja auch mal verheiratet."

„Was, du?"

„Da schaust du. Ja, zwei Kinder, wunderschöne Frau. Und dann war sie weg, von heute auf morgen."

Dajic erzählte seine Lebensgeschichte. Kurz und bündig, ohne Emotionen.

„Du bist gut darüber hinweggekommen."

„Gut, du hast doch keine Ahnung. Es hat mich zehn Jahre gekostet, ich habe zehn Jahre gebraucht um wieder einen Tag genießen zu können. Ich war oft kurz davor alles hinzuschmeißen. Aber ich hatte die Kinder. Das hatte sie gut eingefädelt."

„Und was war mit ihr."

„Sie hat alles nachgeholt. Sie war ja der Meinung, dass sie etwas versäumt hatte. Sie hat es mit jedem getrieben, der ihr über den Weg gelaufen ist. Und wenn du so etwas weißt, dann kann es dir nicht gut gehen. Aber dann, dann hat sie damit aufgehört."

„Sie kam zur Vernunft."

„Wenn du es so nennen möchtest."

„Was ist passiert."

„Sie hatte einen Unfall. Sie war auf der Stelle tot."

„Das tut mir leid."

„Ich weiß nicht. Ich habe ihr so etwas oft gewünscht, aber du weißt ja, wie das ist. Wenn es passiert, will man es ja auch wieder nicht. Aber vielleicht war es besser. Wenn sie überlebt hätte, ich hätte ihr nie so ein Leben gewünscht, im Rollstuhl, entstellt oder was auch immer"

„Und die Kinder?"

„Ach, die hatten sich schnell damit abgefunden. Sie war ja nicht mehr da. Gut, sie war die Mutter, dem Namen nach, aber sie war nicht da, Kinder gewöhnen sich an so etwas recht schnell"

„Und du?"

„Ich? Ich musste wohl. Aber seitdem, keine Frau mehr angerührt."

„Das klingt wie aus einem schlechten Film."

„Vielleicht, ich vermisse sie immer noch."

„Ach was, wie lange ist das her, zwanzig Jahre?"

„Zweiundzwanzig."

„Dann bist du darüber hinweg."

„Über so etwas kommt man nie hinweg, man lebt damit."

„Ich muss jetzt wieder hinter meine Bar."

„Ja, geh nur."

„Erzähl diese Geschichte aber ja nicht den Gästen, die machen hier Urlaub."

„Es ist nicht alles nur Urlaub und Sonne hier."

Delic hatte schon den Raum verlassen und Dajic entkorkte die Flasche nun selbst. Er schenkte sich bis zum Rand ein und kippte die leicht goldene Flüssigkeit seine Kehle hinunter. Dann machte er sich wieder auf einen seiner Rundgänge. Sambita musste sauber sein, das Bild stimmig und es war seine Aufgabe darauf zu achten.

*

Der Ausflug ins Landesinnere hatte nicht den erhofften Effekt gebracht. Anna und Tobias lagen kichernd in ihren Betten und die Zeiger der Uhr hatten sich schon längst gegen Zehn bewegt. Der Karaokeabend war zwar noch in vollem Gange, die Aussicht an einer Teilnahme schien mittlerweile aber verblasst zu sein.

„Ich gebs auf. Macht was ihr wollt. Ich leg mich nieder."

Mit diesen Worten verließ Manfred Bauer das Zimmer der beiden und legte sich auf seine Seite des Doppelbetts. Kurz darauf schlief er. Silvia Bauer, die hartnäckig dabei war ihre Kinder zum Schweigen zu bringen und ihnen zum wievielten Male auch immer dieselbe Geschichte vorlas, nach der sie verlangt hatten, wollte den Abend retten. Sie sollte aber, nachdem sie ihr Ziel endlich erreicht hatte, und mit einem leichten Anflug von Enttäuschung, sich selbst niederlegen und noch einige Seiten in ihrem Urlaubsbuch lesen. Es war gekommen, wie sie es vorausgesehen hatte.

12 – Dienstag – Quiz

Es war ein weiterer heißer Sommertag in Sambita. Alex saß verkatert am Strand und blickte aufs Meer hinaus. Die letzten Tage hatten viel Energie gekostet. Die langen Nächte, die amourösen Aktivitäten und der viele Alkohol forderten ihren Tribut. Die Fahrten mit dem Bananenboot waren auch kein Spaß mehr und im Eigentlichen verkam hier alles zur Routine. Genau in diesem Moment der Schwere kam Micael Istock vorbei. Er hatte gerade zu Mittag gegessen und wollte nun kurz ins Meer, um sich für den Nachmittag aufzufrischen.

„He du, wir kennen uns doch?“

„Bitte?“

„Na, wir kennen uns.“

„Ach so, kann sein.“

„Na, weißt nicht mehr.“

„Nein, woher.“

„Na, die Nacht am Strand.“

„Welche?“

„Welche, welche, na die wo du a da warst. Vorige Woche, Montag, Dienstag; keine Ahnung.“

„Ja, möglich, warum?“

„Nur so, weißt du wer der Has war?“

„Has?“

„Na das Mädchen, ich hab sie nicht mehr gesehen, seitdem.“

„Ach, die Ilona.“

„Ja, von mir aus, die Ilona, wo ist die?"

„Ach, die ist weg."

„Wohin?"

„Keine Ahnung."

„Schad, die war leiwand."

„Leiwand?"

„Scharf."

„Ach so, ja, die war hübsch."

„Ja, und die hat was können."

„Aha."

„Aber du musst sie doch gekannt haben, du warst ja dann bei ihr, wie wir fertig waren."

„Flüchtig."

„Flüchtig, kann ich mir schwer vorstellen, dass man die nur flüchtig kennt."

„Ich muss weiter, ich hab noch etwas zu tun."

„Jaja, Animation, na dann."

„Was, na dann?"

„Nix, sagt man so."

„Ach so, schönen Tag noch. Heute ist übrigens Quiz."

„Ja, danke, ich weiß."

Istock ging seines Weges und Alex blieb zurück. Kurz darauf kamen Peter und Günter. Ihnen sah man die zweite Urlaubswoche mittlerweile auch schon an, ihre Augen waren Schlitze, und das lag nicht ausschließlich an der grellen Sonne.

„Und, schon munter?"

„Ja, teilweise."

„Fein, was mach ma?"

„Mittagessen."

„Na, lass ich heute ausfallen, mir is schlecht."

„Von wos?"

„Ha ha ha. Von gestern, oder vorgestern."

„Na hast du gar keinen Hunger?"

„I glaub ned."

„Kennts ihr den? Treffen sich a Friseurin, a Krankenschwester und a echte Hur."

„Lustig."

„Naja, für Kinder halt."

„Na komm wenigstens mit. Musst eh nix essen."

„Nein, ich bleib lieber da sitzen."

„Gustieren, oder was?"

„Ned wirklich, mir tuat eh schon alles weh."

„Na dann, wir kommen nachher wieder vorbei.

Peter und Günter machten sich auf den Weg zum Speisesaal, passierten den Türsteher und holten sich erst einmal ein Bier vom Selbstbedienungszapfhan, warme Gläser inklusive. Dann suchten sich die beiden einen freien Tisch und setzten sich erst einmal.

„Oida, des wär einmal was."

„Was denn?"

„Na schau amoi nach links."

Schräg von ihnen, direkt an der Fensterfront, saß Ella Fein samt dem restlichen Quartett bei ihrem Mittagsmahl.

„Du bist schon a bissl eigen."

„Wieso", entgegnete Günter.

„Naja, a bissl überreif, der Verein."

„Aber geh, schau der Zukunft in die Augen, auf uns wartet nichts anderes."

„Ja, aber jetzt is noch nicht so weit, jetzt sind wir noch gut am Markt."

„Naja, zum Vortesten."

„Ja, bitte, ich halt dich nicht auf."

Und wie es der Zufall wollte, unterhielten sich Ella Fine und Rosa Peters zur selben Zeit über dasselbe Thema.

„Die sind doch eh zu dritt."

„Ach bitte, lass solche Gschichten. Schau uns an, und schau die an. So leid es mir tut, wir fallen sicher nicht in ihr Beuteschema."

„Dir reicht dein Fernglas? Das kannst wem anderen erzählen."

„Geh bitte, die sind auf uns ned neugierig."

„Ach was, denen könnten wir noch so manches beibringen."

„Ja, Prothesentausch", mischte sich jetzt auch Leopoldine Konrad ein, die bisher amüsiert ihren beiden Kolleginnen gelauscht hatte. Karolina Furtmayer enthielt sich ihrer Stimme.

Der Tag verlief für alle Beteiligten relativ unspektakulär. Im Gegensatz dazu hatte der Abend eine große Überraschung parat. Kurz bevor das Abendessen in den silbernen Wannen zum Warmhalten serviert werden sollte, fiel im gesamten Areal der Strom aus. Abgesehen davon, dass an diesem Dienstagabend ein Sturm über dem Meer wütete und deswegen auch nicht das übliche Sonnenlicht zur Verfügung stand, funktionierte nichts mehr. Die Zapfanlagen waren außer Betrieb, die Speisen konnten nicht serviert werden und selbst die

Registrierkasse, die die Bons zur Unterschrift mittels Thermodruck ausspuckte, stand still. Einige wenige Ungeduldige stellten sich an die Bar und orderten Getränke, die noch zur Verfügung standen. Heute war nur noch Bares Wahres.

„Ha, siehst du wie es hier zugeht, nicht mal Strom. Ist ja wie im Krieg da."

Das freundliche Paar aus Wien erlebte die Situation so hautnah, dass sich der männliche Part, dazu genötigt fühlte, die Situation zu kommentieren.

„Kann doch nicht wahr sein, wie lange warten wir jetzt schon auf unser Essen?"

„Zehn Minuten?"

„Ach was, mindestens eine halbe Stunde."

„Du wirst es überleben, du kannst ohnehin von deinen Reserven zehren."

„Fein bist heute wieder."

„Na was soll ich denn sagen, du nörgelst seitdem wir hier sind."

„Ich nörgle nicht, ich kommentiere."

„Gut, zur Kenntnis genommen, machen wir heute beim Quiz mit?"

„Was für ein Quiz?"

„Heute ist Quiz am Abend."

„Bei Kerzenlicht, oder was?"

„Ach hör doch auf, ich möchte mitmachen, du weißt doch so viel."

In diesem Moment flammte die Beleuchtung auf, sämtliche Lampen im Speisesaal gingen an und eine Welle an Applaus durchzog den Raum. Das Essen konnte in die dafür vorgesehenen Warmhaltevorrichtungen gebracht werden und es bildeten sich Schlangen zu beiden Seiten des Buffets. Der Abend war gerettet.

13 – Mittwoch – Live Musik

Die Stimmung im Animationsbungalow war nicht gerade die beste. Ilona hatte Liebeskummer, Slobo fühlte sich abgewiesen, Micael war grundsätzlich schlecht gelaunt und Kara wusste mit all dem nicht umzugehen. Tagsüber und während ihres Programms hielt sich ihre Professionalität die Waage mit ihren Emotionen. Kaum hatten ihre Verpflichtungen aber hinter sich gebracht, trennten sich ihre Wege als hätten sie sich nie gekannt. Das Sambitaareal war zum Glück weitläufig, die Unterkunft aber, brachte sie alle wieder zusammen. Die

Situation schien ausweglos. Sie alle mussten noch mindestens die nächsten paar Wochen hier verbringen, es war zu hoffen, dass die Gewöhnung an die Situation die Wogen glättete.

Ilona verbrachte die meiste freie Zeit mit einem Buch unter den zahlreichen Pinien. Sie mied den Strand, an dem sie Slobo Kosturica vermutete. Er ließ nicht locker ihr Nachzustellen, verfolgte sie und stellte sie zur Rede, was es mit diesem Daniel auf sich gehabt habe. Sie erwiderte, dass ihn das ja nichts angehe, er meinte, sehr wohl sei das auch seine Sache, vor allem nach der ersten gemeinsamen Nacht.

„Ja, und dabei ist es auch geblieben, das war mein größter Fehler mit dir Irren zu schlafen. Wer konnte denn ahnen, dass du gleich so durchdrehst."

„Ich drehe nicht durch, ich brauch dich."

„Ja, gut, aber ich will dich nicht. Akzeptier das."

„Ach was, du hast dich in diesen Milchjungen verschaut, das vergeht."

„Lass mich jetzt in Ruhe."

„Und wenn nicht?"

„Lass mich, fordere mich nicht heraus."

Kosturica ging seines Weges. Es machte jetzt keinen Sinn. Ilona würde nur noch abweisender reagieren. Er würde ihr erst einmal ihre Ruhe lassen. Vielleicht sah sie ja ein und erkannte, dass er der Richtige für sie war, zumindest für die nächsten Wochen.

Den Nachmittag verbrachten Alex, Günter und Peter, wie schon auch die letzten Tage, am Strand. Sie hatten den vergangenen Tag auf ihrem Zimmer im Teilzeittiefschlaf verbracht, hatten ferngesehen und waren auch nur einmal am Buffet anzutreffen gewesen. Ihre Körper hatten danach verlangt. Das Hochleistungsprogramm, eine Mischung aus Alkohol und körperlicher Nachtbetätigung hatte seinen Tribut gefordert. Heute fühlten sie sich wie neugeboren. Den Vormittag hatten sie damit totgeschlagen, den Rekord im Dauerbananenboot fahren zu brechen und nun waren sie dabei, die Aussicht zu genießen und die Damenwelt zu taxieren. Peter brach als erstes das einhellige Schweigen: „Heast Alex, kennst du die Pensionistentruppe?"

„Welche, die was immer Karten spielen?"

„Ja, genau die."

„Was is mit denen?"

„Naja, die fühlen sich sicher auch recht einsam hier."

„Du bist deppat, hör auf mit so was."

„Na, ehrlich. Die ane von denen schaut eh immer mitn Fernglasl vom Balkon runter."

„Ja, derfs eh. Aber mehr ned."

„Geh kumm, das wird sicher lustig."

„Na, aus, sonst kriag i a Kopfkino."

„Gemma was trinken, i lad euch ein, Whisky-Cola?"

„Na, für mich an Long Island, i brauch was zum Vergessen."

„Was willst vergessen?"

„Na dem Peter sei Idee."

„Ach was, überlegts euch das, ich hol unsre Saftln."

Peter stand auf und ging zur Strandbar hinüber. Günter sah Alex an, der den Kopf schüttelte.

„Na aber ehrlich, is das a blede Idee? Weiß doch niemand."

„Doch, i waaß."

„Jetzt sei ned so, was du schon alles durchzogen hast."

„Ja, aber i bin ned nekrophil."

„Jetzt hör aber auf, du wirst auch einmal alt. Siehs als Ticket."

„Als Ticket?"

„Ja, Ticket to heaven, a gute Tat."

„Hör auf mit dem Blödsinn."

„Wiest meinst."

Peter kam mit drei Gläsern, welche er mit beiden Händen und mit Hilfe seines Bauches zu seinen Freunden transportierte.

„Es ist serviert, meine Herren."

„Pah, super. Es ist eh so a Hitz. Du bist ein Schatz."

„Komm, über das sind wir hinweg."

„Eben, heute steht Omaliebe auf dem Programm."

„Jetzt hörts auf oder ich fahr heim."

„Jaja, trink amoi runter, dann geht's dir besser. Du musst deinen Horizont erweitern."

„Mein Horizont ist weit genug, und des was du meinst, dafür hab ich noch Zeit."

„Das kann man nie wissen."

Das Gespräch versandete und die einzige Frage die noch offen blieb, war, wer wohl die nächste Runde holen würde. Nachdem jeder des Trios zweimal bei der Strandbar vorstellig geworden war, begaben sich die drei auf ihr Zimmer und machten sich fürs Abendessen bereit. Und wie es das Schicksal wollte, der einzig freie Tisch mit drei Plätzen, war neben Ella Fines Runde. Das hatte zur Folge, dass Peter immer wieder verstohlen in die Runde blickte, sich das eine oder andere Lachen verkneifen musste und ansonsten allgemeines Schweigen vorherrschte. Verdächtig still war es aber auch am Nebentisch. Bis Rosa Peters sich zu den drei Herren hinüberbeugte und in verschwörerischem Ton flüsterte: „Sind sie heute Abend auch bei der Live-Musik?"

Alex sah ihr tief in die Augen und sagte: „ Na, wir spielen heute gar nix."

Günter fühlte sich bemüßigt zu schlichten: „Er meint das nicht so, klar sind wir dabei."

„Sehr fein", erwiderte Ella Fein, „wir könnten uns einen Tisch teilen."

„Na", entfuhr es Alex.

„Ist das eine Einladung?", wollte Peter wissen.

„Auf die erste Runde, mehr nicht", war dieses Mal Leopoldine Konrad schlagfertig.

„Dann machen wir uns jetzt mal frisch, meine Damen, damit wir die jungen Herren nicht enttäuschen." Rosa Peters erhob sich, die anderen drei folgten ihr und sie verließen mit vielsagendem Blick den Speisesaal.

„Oida, ist das jetzt wirklich passiert?"

„Sicher."

„Ihr könnts mich vergessen. I sauf mi an, dann geh i ins Bett. In mein eigenes. Ende der Durchsage."

„Dein Ende der Durchsage kenn i bis zur Genüge."

„Burschen, jetzt essts einmal, ihr brauchts die Kraft, die sind zu viert."

„Von denen nimm i zwei mitn klanen Finger."

„Na ob der reichen wird."

„Jetzt hörts auf bitte, das is ned lustig, so redt ma ned."

„Was ist, bist verliebt?"

„Trottel."

Das letzte Wort von Günter durfte in etwa dem Wort Mahlzeit entsprochen haben. Danach wurde schweigend gegessen. Der gestrige Fasttag musste wohl wettgemacht werden, denn die Teller wurden noch zweimal gefüllt. Dann war Schluss und die Runde begab sich auf die Terrasse, wo gerade die letzten Vorbereitungen für die Show der Blue Stars getroffen wurden. Marco und Helena scharrten in ihren

Startlöchern und gerade noch rechtzeitig erschien das rüstige Quartett mit einem lauten Hallo. Die vier Damen setzten sich zu den drei Herren und kamen gleich zur Sache.

„Also, was trinken wir?"

„I brauch an Long Island."

„Sehr fein, dann bestell ich uns allen Long Island, das hebt die Stimmung."

„Na hoffentlich ned."

„Ach, der Abend ist noch jung."

„Der Abend vielleicht."

Doch Ella Fine hörte den letzten Kommentar von Alex nicht mehr. Sie ging direkt an die Bar und bestellte bei Istvan Delic, sieben Long Island Iced Tea, nicht ohne darauf hinzuweisen, dass er nicht sparen sollte, mit Cola, denn sie wollten alle noch etwas von diesem Abend haben. Nach einigen Runden hochprozentiger Mixgetränke und lautstarker Unterstützung der Band, verabschiedete sich die Runde vom restlichen Publikum. Zu siebt war man unterwegs, das Nachtlager für heute aufzusuchen. Nicht wenige, zumindest überraschte Blicke, verfolgten die Gruppe. Aber was sollte es schon, man war ja hier auf Urlaub, daheim war weit fort und außerdem, was hatte man selbst denn damit zu schaffen, es ging einem ja im Grunde nichts an. Die Nacht selbst war in sinnloses Unterfangen in Hinblick auf das Ranking, jeder sollte diese Nacht einen Punkt bekommen, was demselben Ergebnis entsprechen würde, als hätte keiner einen ergattern können.

14 – Donnerstag – Adam und Eva (Singleprogramm)

Alexis Kanazakis brach mit seinen Traditionen. Er saß auf der Terrasse und wartete auf den Beginn des Abendprogramms. Adam und Eva hatten es ihm nicht angetan, der Hinweis, dass es sich dabei um ein Singleprogramm handeln würde schon mehr, und warum sollte er sein Glück nicht auch hier versuchen, die Konkurrenz stellte für ihn keine Gefahr dar. Von einem Mangel an Selbstbewusstsein konnte hier nicht die Rede sein. Micael Istock und Silvana Blima eröffneten den Abend damit, die Gäste in Altersklasse und

Geschlechtergruppen aufzuteilen. Dann bekam jeder eine Zahl und musste seinen Gegenpart finden. Kanazakis warf den Zettel mit seiner Nummer in den nächsten Papierkorb und verließ das Geschehen. Es schien ihm alles zu absurd, und er hatte es bei weitem nicht nötig, sich so präsentieren zu müssen. Vielleicht lag es aber auch an der Auswahl seiner Partnerinnen; er hatte sich umgesehen, der Strand war ihm ein angenehmeres Jagdrevier.

Vorsicht Schmalz! Das folgende (Schluss-)Kapitel ist ausschließlich für den geneigten Leser, die geneigte Leserin, welche unbedingt ein Happy End im Urlaub brauchen…

15 – Freitag – Feuershow

Frans Lönnrot studierte Publizistik an der Universität von Helsinki. Er war dreiundzwanzig Jahre alt, hatte blondes, kurzgeschnittenes Haar und seine Haut war dementsprechend empfindlich. Trotzdem hatte er es sich nicht nehmen lassen, den Sommer über an der kroatischen Küste seine Künste vorzuführen. Seit mehr als sieben Jahren schon, übte er mit seinen Feuerpois. Erst waren es einfache Kunststücke, die er bei diversen Anlässen vorführte, dann wurden seine Darbietungen immer spektakulärer, bis er sich dachte, damit ließe sich auch Geld verdienen. Seitdem er sein Studium vor drei Jahren begonnen hatte, machte er sich in den Sommermonaten auf, in Richtung Süden, um sich dort ein üppiges Zubrot zu verdienen. Er hatte mittlerweile mit einigen Ferienressorts Verträge und unterhielt dort mit seiner Show regelmäßig die Gäste. An seinen freien Tagen mischte er sich unter die Schausteller diverser Märkte und führte dort kleinere Kunststücke seines Repertoires vor. Heute war er wieder in Sambita und der schweiß lief ihm am Kinn zusammen. Die Flammen züngelten an seinem Gesicht vorbei und er hatte den Geruch von verbrannten Haaren in seiner Nase. Die Menge johlte und applaudierte. Es war immer wieder dasselbe. Die Nacht brach herein und Lönnrot begeisterte das dankbare Publikum mit seiner höllischen Show. Die Musik kam vom Band, das tat dem Ganzen aber keinen Abbruch. Im Rhythmus ließ er seine flammenden Bälle an den Ketten kreisen und so manches Kind blickte mit großen und starren Augen dem Feuer nach, bis glühende Ringe entstanden ob der Geschwindigkeit seiner Bewegungen. Die Terrasse war wie so oft bis auf den letzten freien Platz gefüllt und auch die Angestellten von Sambita versuchten etwas von der Show mitzubekommen. Ilona Cuko stand etwas abseits, war deswegen aber nicht weniger fasziniert. Sie hatte heute das erste Mal erfahren, dass Frans Lönnrot aus Finnland kam und war nun daran interessiert, mit ihm das eine oder andere Wort nach seiner Show zu wechseln. Ihr Herz war schwer und die Umstände hier wurden von Tag zu Tag unerträglicher. Slobo Kosturica stellte ihr ohne Zurückhaltung nach, und wenn sie ihm klarmachen wollte, dass sie kein Interesse an ihm hatte, wurde er ausfällig und beleidigend. Er war anscheinend einer jener Typen, die mit einer Abfuhr nicht umgehen konnten, dabei herrschte hier der schönste Sommer seit langem und die Chancen, die sich für ihn jeden Tag auftaten, hätten andere leicht überfordert. Er aber hatte sich in Ilona Cuko verbissen und ließ nun nicht mehr los, wie ein Tier, das Blut geleckt hatte.

Die Sonne war schon seit längerem im Meer versunken und der helle Schein von Lönnrots Kunststücken erhellte die Terrasse des Speisesaals und deren Gäste. Ilona Cuko dachte an Daniel und das Schicksal, das sie ereilt hatte, sich zu verlieben, ohne große Hoffnung auf ein Wiedersehen. Doch an diesem Abend sollte es anders kommen. Ein Arm legte sich auf ihre Schulter und sie spürte wie sich jemand ihrer linken Wange näherte. Slobo Kosturica hatte wahrlich keine Hemmungen. Cuko machte eine halbe Drehung und klatschte ihre flache Hand mitten ins Gesicht von Daniel Keller.

„Hi, du freust dich?"

Er sah ihr tief in die Augen. Die Überraschung und der kurze Schmerz ließen zwei Tränen über seine Wangen laufen.

„Ach, ich wusste nicht, ich dachte-„

„Was dachtest du, einer deiner vielen Verehrer."

„Ach hör auf, es gibt keine Verehrer."

„Doch."

„Wie kommst du hierher, ich dachte ihr seid nachhause gefahren."

„Sind wir auch. Doch meine Eltern meinten ich soll wieder her, anscheinend hat man mir angesehen, dass ich dich vermisse."

„Du hast mich vermisst?"

„Vermisst ist kein Ausdruck dafür. Ich bin fast gestorben vor Sehnsucht."

„Ehrlich?"

„Na klar, wäre ich sonst wieder hier?"

„Ich hab dich auch vermisst."

„Hab ich gehofft."

„Wie lange kannst du bleiben."

„Ich weiß nicht genau, wie lange soll ich? Ich wohne in einer kleinen Pension im Nachbarort."

„Und wie bist du hier reingekommen?"

„Ach, rein kommt doch hier jeder. Ich kann nur nicht mehr ans Buffet, kein Band."

Er hielt seine rechte Hand hoch, auf der man den weißen Hautstreifen erkennen konnte, über dem bis vor kurzem noch sein goldenes Armband aus Plastik gewesen war. Ilona Cuko nahm Daniels Hand und küsste sie. Dann machten sich beide im hellen Schein der Feuershow zum Strand auf, der Bootssteg würde um diese Zeit menschenleer sein.

Weitere erhältliche Titel:

Die Moral ist eine Hure

Eine Sammlung ungewöhnlicher Kurzgeschichten

Taschenbuch 2012, 9,20 Euro

ISBN: 978-3-8482-1504-1

Hot Whiskey

*Es stand derselbe junge Mann hinter dem Ausschank wie
am Vortag und er begrüßte mich auch umgehend, als er
in mir den Tölpel von gestern erkannte. „Ale?", war seine
Frage, „Stout!", meine Antwort.*

Taschenbuch 2014, 9,90 Euro

ISBN: 978-3-7386-0774-1

Konrad & Elise

*Ein Kinderbilderbuch über Glück, Tod, Schnipp-Schnapp
und Kohlrabi zum Selberzeichnen.*

Großformatiges Taschenbuch 2015, 9,90 Euro

ISBN: 9-783738-650327

Simmering

Ein LokalkriminalRoman

Taschenbuch 2015, 9,90 Euro

ISBN: 978-3-7386-0774-1

Das Mädchen das immer nur den Teig kosten wollte

Ein Kinderbuch vom Kochen und vom Kosten, inklusive Rezeptideen für Klein & Groß.

Großformatiges Taschenbuch 2016, 9,90 Euro

ISBN: 9-783837-077049-1

Blutiger Schnee

Ein Trashthriller

Erscheint im Herbst 2016

Erhältlich im gut sortierten Fachhandel sowie direkt unter

www.girmindl.at